ババ・ドゥンヤ 最後の愛

BABA DUNJAS LETZTE LIEBE

アリーナ・ブロンスキー

翻訳 斉藤正幸

文芸社

作品中、一部不適切な言葉がありますが、原作者の意図を尊重した日本語としています。

＊

夜中にまたしてもマリヤのおんどりのコンスタンチンに起こされる。コンスタンチンはマリヤの目覚まし時計代わりのようなものだ。マリヤはコンスタンチンを雛の頃から育てたが、かわいがって甘やかしすぎた。今ではすっかり大きくなったが、何の役にも立たない。なのに中庭を我がもの顔で堂々と歩き回りながら、私の方をちらっと見る。こいつの体内時計は完全に狂っている。今までもずっとそうだったが、それが放射線のせいだなんて思わない。愚か者としてこの世に生まれた生命を、すべて放射線のせいにすることはできない。

ベッドカバーを少しずらして両足を床につける。床板には古いシーツを自分で短冊状に切り裂いて作った小さな敷物がある。冬になると私には時間がたっぷりある。庭の菜園の手入れをしなくてもいいからだ。冬にはほとんど外出しない。水か薪《まき》を取ってくるか、家のドアの前の雪かきをするくらいだ。でも今は夏で、マリヤのおんどりを絞め殺すために私は早起きをした。

毎朝ドイツ製のトレッキングサンダルを履いた自分の両足を見ると、骨ばっていて横幅があるのに驚く。サンダルは頑丈にできている。どんなことがあっても壊れそうにない。きっと私より二、三年は長もちするだろう。

私の足は最初からこんなではなかった。昔は華奢でほっそりしていた。靴を履かずに通りで乾いた埃がついていても、とても魅力的だった。私の足が好きだったイェゴールは、他の男たちが私の爪先を見て興奮するからと言って、私が裸足で歩くのを禁じた。

彼が今ここに来たら、私はトレッキングサンダルの中のこのごつごつした足を指して、ほらごらんなさい、美しさが見る影もないわよと言ってやる。

すると彼は、まだ十分魅力的だと言うにきまっている。亡くなってから彼はとても礼儀正しい。この嘘つきめ。

血行がよくなるまで二、三分かかる。立ち上がってベッドの端を摑む。頭の中はうすぼんやりしている。マリヤのおんどりのコンスタンチンは、まるで絞め殺されるかのように今ガァガァ鳴いている。もしかすると私は誰かに先を越されたのかもしれない。

椅子にかかったバスローブを取る。もとは黒地に赤い花柄の鮮やかな色だった。今では花柄は見えない。でも清潔だ。それが重要なのだ。イリーナは私に新しいのを送ってくれると約束した。バスローブにするっと体を入れて、ひもを結ぶ。羽毛布団の埃を振り落としてからベッドに敷いて、平らにする。その上に刺しゅうされたカバーをかける。そしてドアの方に行く。目覚めの後の最初の足どりはいつも覚束《おぼつか》ない。

空は洗いざらしのシーツのような水色を村全体に覆いかぶせる。太陽が一つ見える。同じ太陽が世の中のあらゆるものを照らしているとは思えない。英国の女王、アメリカの黒人大統領、ドイツにいるイリーナ、マリヤのおんどりのコンスタンチンを。そして三十年前まで骨折した人に添え木を当て、何人もの赤ん坊を取り上げ、そして今日はニワトリを絞め殺そうとしている、このババ・ドゥンヤを照らしているとは。コンスタンチンは愚か者で、騒音でしかない鳴き声は何の役にも立たない。さらに言えば、私はもう長いことチキンスープを飲んでいない。

そのおんどりが垣根の上で私を見つめている。目の端から私のリンゴの木に寄りかかっているイェゴールを見る。彼はきっと口を歪めて嘲《あざけ》っている。垣根は風に揺れて傾いている。この愚かな鳥は、酔っ払った綱渡りの芸人のようにその上でバランスを取っている。

「こっちに来なさい、いい子だから」と私は言う。「さあ、おとなしくするのよ」

私は片方の手を伸ばす。おんどりは羽をばたばたさせて金切り声を上げる。肉垂はピンクというよりはむしろ灰色で、神経質そうに震えている。このおんどりは何歳なのだろうか、私は思い出そうとする。マリヤは私が今やろうとしていることを許さないだろう。私が伸ばした手は宙に浮いたままになる。

その時、私が手を触れる前に、おんどりが私の足もとに落ちる。

＊

そんなことをしたら胸が張り裂けるとマリヤは言った。だから私がやらなければならない。

マリヤは中庭で私のそばに座り、チェックのハンカチで大きな音を立てて鼻をかむ。淡い染みのついた羽根を私が毟《むし》り取ってビニール袋に放り込むところを、見なくてすむようにとマリヤが顔を背《そむ》けた時に、綿毛が空中に舞う。

「私のことが好きだったのよ」とマリヤが言う。「中庭に行くと、いつもこんな風に私を見つめていたわ」

ビニール袋は中途半端に膨らんでいる。下品に羽根をほとんど毟られて、コンスタンチンは私の膝の上にのっている。片目が半分開いていて、空の方を向いている。

「ほら、まだ聞き耳を立てているみたいよ」とマリヤが言う。

「この鳥があなたから聞き逃したことなんて一つもないんじゃない？」

それは真実だ。マリヤはいつもこの鳥と話をしていた。これから静かに暮らせなくなるかと思うと、私は不安になる。私以外はみんな、誰か話し相手を必要としている。特にマリヤは。私が一番近くに住んでいる。垣根で地所が分かれているだけだ。以前は本物の垣根だったかもしれないが、いつの間にか垣根という概念になってしまっている。

「本当のことを教えてくれたっていいじゃないの、どうしてこんなことになったのか」マリヤの声は未亡人の声のようになる。

「もう千回も話しているじゃない。この鳥が叫び声を上げたのでここに来てみたら、突然垣根の上から落ちてきたのよ。私の足の真ん前に」

「もしかしたら誰かに呪われていたのかしら」

私は頷《うなず》く。マリヤはそう思っている。涙が顔の上を流れて深い皺の中に消えていく。でもマリヤは私より少なくとも十歳は若い。教養のようなものは持ち合わせていない。彼女の仕事は乳搾りで、いたって普通の女だ。牛は飼っていないが、ヤギを飼っている。そのヤギはマリヤといっしょに暮らしていて、テレビに何か映っているといっしょにそれを見る。そんな風にしてマリヤは息をするものといっしょに暮らしている。ただしそのヤギは答えることができない。だから私が答える。

「誰がこんなものを呪ったりするの、あなたののろまな鳥を」

「しっ、しぃーっ。死んだものに対してそんな言い方はないでしょっ。そんなことを言うのは悪人ばかりよ」

「そう、そんなこと言うのは間違っている」と私は言う。「ところで、これを料理するつもり?」

マリヤは顔を背ける。

「いいわ。それなら私がやってあげる」

マリヤは頷いて、羽根が入ったビニール袋の中をそっと見る。「本当は埋葬してあげたかったのに」

「それならそうと最初に言いなさいよ。そういうことなら、あなたはこの中の羽根をここに置かなければならないのよ、天にいる人たちに笑われないようにするためには」

マリヤはじっと考える。「あぁ、どうしたらいいの。料理をお願いできるかしら。そうしたらスープの半分は私にちょうだい」

そうなるだろうと私にはわかっていた。私たちはほとんど肉を食べない、でもマリヤは大食いだ。

私は頷いて、おんどりの虚ろな目の上のよれよれの瞼《まぶた》を引っ張り上げる。

*

私が天に関して言ったのは、次のようなことだけだ。私はその存在を信じない。つまり、私は自分たちの頭の上の天は信じているけれど、亡くなった人たちはそこにいないということを知っている。[注1] 私は子どもの頃に、羽毛布団に潜り込むように雲の中に潜り込めると思ったことは一度たりともなかった。綿菓子のように雲が食べられるとは思っていた。亡くなった人たちは私たちのところにいる。自分が死んでいることと、自分の体が地中で腐敗してしまうことを、知らずにいる死者すら時々いる。

チェルノーヴォは都会ではないけれども、私たちはここに自分たちの墓地をもっている。私たちの遺体がマリュシに埋葬されてほしくないと、マリュシの人たちは思っている。放射能汚染した物質は生き物でなくても二次汚染するというので、私たちチェルノーヴォの人間をマリュシに埋葬するためには鉛の棺の使用を命ずるべきではないかと、目下のところマリュシの行政当局で議論されている。かつて百五十年前には教会があり、三十年前には村の学校があったところに、私たちが一時的な墓地をもっている限りは二次汚染がある。そこは木の十字架が立っている静かなところで、数少ない墓には柵を巡らせてさえない。

問われれば、私は絶対にマリュシに埋葬されたくないと言う。原子炉事故の後で、ほとんどの人たちと同じように私たちはここを立ち去った。それは一九八六年だった。私たちは何があったのかわからなかった。それから管財人たちがチェルノーヴォにやってきた。防護服を着てピーピー音が鳴る機械をもっていた。それらの機械を携《たずさ》えて大通りを行ったり来たりしていた。パニックが起こって、小さな子どもたちがいる家族は大急ぎで荷造りをした。マットレスを丸めてアクセサリーと靴下をやかんに詰め込み、家具を車の屋根に縛りつけ、ガタガタ音をさせてここを立ち去った。急がなければならなかった。事故は前日に起こったのではなかった。それどころか私たちはすぐには事故を知らされなかった。

私はその時まだかなり若くて、五十歳を少し回ったところだった。でも家に子どもがいなかったので、それほど気がかりなことはなかった。イリーナはモスクワの大学で勉強していて、アレクセイはちょうどアルタイ山脈を旅していた。私は最後までチェルノーヴォにいた一人だった。他の人たちが衣類を袋に詰め込むのや、お金が隠してある床板を引き剝がすのを手伝った。そもそもなぜどこかに行かなければならないのか、私はまったく納得できなかった。

イェゴールは首都から送られた最後の車の一つに私を押し込み、自分も無理やり乗り込んだ。イェゴールにパニックが伝染して、まるでこれからまだたくさんの雛が孵《かえ》るためには自分の卵を緊急に安全な場所に移さなければならないと思っているかのようだった。その時イェゴールは、お腹には卵などなく、ただ飲んで弛《たる》んでいるだけだった。原子炉に関するニュースに彼は一時的に理性を取り戻したが、この世の終わりを前にして、悲嘆にくれた。そしてそれが私の神経を逆なでた。

チェルノーヴォに戻ってから一人暮らしなので、家には大きな鍋がない。お客様が行列をなすほどたくさん来ることはない。私は作りだめせずに毎日料理をする。ただしボルシチだけは何度も温め直す。それは日を追うごとに美味《おい》しくなる。

食器棚から一番大きな鍋を見つけ出して、それに合う蓋を探す。何年もかけてたくさんの蓋を集めたが、そのどれもぴったり合わない。でも私にとってはそれで十分だ。鶏の頭と足を切り落とす。それらはスープに入れる。そしてネコにやるために尻尾《しっぽ》を切り落とす。鶏の本体を鍋に入れる。さらに頭と足を、庭の菜園でとれたニンジン一本は皮を剝き、そして皮つきのタマネギを一つ。これで黄金のブイヨンができる。すべての材料がちょうど浸るくらいにバケツに汲んだ井戸水をそこに注ぐ。このブイヨンは栄養価が高い。そして豊かに輝いている。

原子炉事故が起きた時、私は自分がどうにか難を免れた中の一人と思った。私の子どもたちは安全なところにいた。夫はどのみちもうそれほど長くはないだろうと思った。その当時私の体は確かに頑丈だった。基本的に私には失うものは何もなかった。いつ死のうと構わないと思っていた。いつ死んでもいいように備えておかなければならないということは仕事から学んだ。

今日まで毎日、自分が生きていることを不思議に思う。もしかすると幽霊のようにあちこち彷徨《さまよ》いながら、自分の名前がすでに墓石に彫られているのを認めようとしないでいる死者の一人ではないかと、一日おきに考えてしまう。誰かが死者たちに言わなければならないだろうが、そんな厚かましいことができる者はいるだろうか。誰も私に何も言う必要がない、それを私は嬉しく思う。あらゆるものを見てきたので、私には何の不安もない。死者が現れても構わないが、できれば礼儀正しく現れてほしい。

鍋の中が泡立つ。火を弱めてフックからお玉を取り、鍋の縁にぶくぶくと白く押し寄せる泡を掬《すく》い取り始める。こうすればまた沸騰しても、泡は細かくなってブイヨン全体に消えていく。お玉の上の泡は濁って、形が崩れた白い雲のように不味そうに見える。掬った泡をネコの小鉢に入れてやる。ネコは私たちよりも抵抗力がある。これは、私がここに戻って来た時にすでにこの家にいたネコの娘だ。本当はネコが家主であり、私はその客人だった。

隣接する村は数少なく、人けがなくて寂しい。家はあるが壁は傾いていて薄い。そしてイラクサ[注2]は軒下まで伸びている。ネズミすらいない。ネズミは生ごみを好む。それも新しくて脂っこいものを。つまりネズミは人間が住んでいるところにいる。

ここに帰ってきた時に、チェルノーヴォの家を一軒一軒くまなく見られればよかった。私はかつての我が家に住むことにした。ドアは開いたままで、ガスボンベは完全には空になってはいなかった。井戸は歩いて数分のところにあった。そしてどこまでが庭なのか、まだ見分けはついた。私はイラクサを毟りとり、ブラックベリーを刈り込んだ。そのため何週間もの間、他に何もできなかった。私は気がついた、自分がこの庭の菜園を必要としていることに。バス停まで歩き、それからマリュシまで長時間乗車することは、私にとってそう頻繁にできることではない。しかし私は一日三回食べなければならない。

あれ以来、私はこの庭の三分の一を耕している。それで十分だ。大家族だったらこの庭全体を菜園にして耕さなければならなかった。これはイェゴールの手作りによる私の自慢の温室だ。ここで私はトマトとキュウリをこの村の他の誰よりも一週間早く収穫する。緑と赤のセイヨウスグリ、赤、白、黒のスグリなど、秋に丹念に剪定《せんてい》していることで新芽が出てくる古い灌木がある。私のところには二本のリンゴの木とラズベリーの生垣がある。ここは実り豊かな土地なのだ。

スープはできる限り弱火でことこと煮る。二時間、できれば三時間、年をとった鶏の肉が柔らかくなり、骨から外れるまで弱火でことこと煮る。それは人間と似ている。老人の肉はそう簡単には飲み込めない。

チキンスープの匂いでネコが騒がしくなる。ネコはミャーミャーと鳴きながら私の足に纏《まと》わりつき、分厚いストッキングを穿いたふくらはぎに体を擦《こす》りつける。寒がりになったことで、自分が年をとったことに気づく。夏でさえウールの靴下なしでは家の外に出ない。このネコは妊娠している。後で鶏の皮と軟骨をやる。時々このネコは甲虫《こうちゅう》とクモを獲る。チェルノーヴォにはクモがたくさんいる。原子炉事故以来、害虫が増えた。一年前に私の家のクモの巣の写真を撮りに来た生物学者がいた。たとえマリヤが私のことをだらしない女と言おうとも、私はクモの巣が張ったままにしておく。

年をとっていいことは、誰にも許可を求める必要がないことだ——かつての自分の家に住んでもいいか、そしてクモの巣が張ったままにしておいてもいいか、許可を求める必要がない。クモでさえ今、私の前にいる。生物学者は武器のように見えるカメラでクモの巣を撮影していた。サーチライトで私の家を隅々までくまなく照らした。それに対して私は、彼が邪魔されることなく仕事ができるように、何もしなかった。彼は機械をなるべく静かなところに置く必要があったのだが、そのピーピー鳴る音で私は背中が痒くなった。

生物学者は、なぜこれほど多くの害虫がいるのか、私に説明してくれた。原子炉事故以来、この地域では鳥がずっと少なくなった。そのために天敵がいなくなって、甲虫とクモが増え続けている。ただしなぜここにこれほどたくさんのネコがいるのかは、彼でさえも説明できなかった。おそらくネコは、自己防衛の秘訣を知っているのだろう。

二匹目のネコがドアに忍び寄ってくる。私のところに住みついているネコがすぐに背中を丸めて威嚇する。このネコは獣だ。誰にも敷居を跨《また》がせない。

「こっちにおいで、優しくしてあげなさい」と私は言うが、私の家のネコは優しくない。このネコはシューッ、フーッと呻《うな》って、背中の毛が山になって逆立つ。私の家のネコは尻尾が半分しかない。誰かに切り落とされたのだろう。私はずっとネコとニワトリを飼っていた、以前はイヌがいたこともある。そんな村の暮らしを私は気に入っている。なぜ私が帰ってきたかという理由でもある。この村の動物たちは、たとえ放射能に汚染されて体に異常があっても、都会のネコなどと違って、それほど頭がおかしくなっているわけではない。都会の狭苦しさと騒音は、ネコやイヌを精神的におかしくさせる。

イリーナは当時わざわざドイツから、私がチェルノーヴォへ帰るのを止めるために、飛行機でやってきた。娘はあらゆる手段を試みた。泣いてみせることさえもした。娘のイリーナはまったく泣いたことがなかった。小さい時からすでに泣くことはなかった。その頃私はイリーナに泣いてはいけないと言ったわけではなかった。逆に泣く方が健全だっただろう。でも娘は男の子のように、木や垣根によじ登って、そこから落ちたこともあった。

殴られても絶対に泣かなかった。その後、娘は大学で医学を専攻し、今ではドイツ連邦国防軍で外科医となっている。それが私の娘だ。泣かなければならないのは私が家に帰ろうとしたからだけだと、よりによってあの時娘はそう言った。

「私はお前に用事を言いつけた覚えはないし、それに私もお前に用事を言いつけられたくはない」と私は娘に言い含めた。

「でもお母さん、冷静に考えてみれば、誰が死の危険地帯に戻りたいなんて言うの？」

「お前はたった今自分がしゃべった言葉の意味がわかってないのよ、ねえ。私はよく見たのよ、どの家もまだあるし、庭には雑草が伸び放題になっている」

「お母さん、わかっているでしょう、放射能がどんなものかくらい。何もかも放射能に汚染されているのよ」

「私ももう年だから、放射能なんかには汚染されない、それにもしも汚染されたからといって、世界が終わりになるわけないじゃない」

イリーナは両目を軽く叩くようにして涙を拭いた。その動作から、まさに娘が外科医であることが知れる。

「私はそんなところにお母さんを訪ねていくことはないと思う」

「わかってる。でもどっちみちそう何度も来られないだろう？」

「それって私を責めているの？」

「違うよ。どうしてみんな先祖のところにいるのかを考えると、それも悪いことじゃないと思うよ」

イリーナは、ずいぶん前の小さかった頃のように、疑い深そうに少し横目で私を見た。娘は私の言うことを信用していなかったが、私は何度も同じことを言った。ここは娘には何の用もない。娘に対して何の負い目も感じていないと言った。

「二、三年おきにマリュシで会えるじゃないの。でなけりゃいつでも来られることだし。私が生きていればのことだけど」と私は言った。

私はイリーナが何日も休暇を取れないのを知っていた。もし休暇が取れたとしても、ここで過ごす必要はない。その当時、飛行機代はずっと高かった、今よりもずっと。

私たちが話題にしないものがあった。重要なものほど話したりしないものだ。イリーナには娘が一人いる、つまり私には孫娘がいる。孫はとても素敵な名前で、ラウラという。私この村にはラウラという名前の女の子はいない。まだ会ったことがない私の孫だけだ。私がこの村に戻った時、ラウラはちょうど一歳になったばかりだった。家に戻った時、私は生涯孫に会うことはないということをはっきりと意識した。

昔は孫たちはみんな夏休みに都会から田舎にいる祖父母のところに行ったものだった。学校の夏休みは長く、丸々三ヵ月もあった。都会に住む親はそれほど長い休暇は取れなかった。私たちの村でも六月から八月まで都会の子どもたちが走り回っていた。あっという間に子どもたちの顔は日に焼けて、カールした髪は脱色し、足には泥がこびりついた。子どもたちはみんな森で木イチゴを摘み、川で水浴びをした。鳥の群れのように大騒ぎしながら隊列を組んで大通りを練り歩き、リンゴを盗み、泥んこになって喧嘩をした。

あまりに乱暴なことをすると、子どもたちは畑に連れていかれてコロラドハムシ[注3]を集めさせられた。コロラドハムシは私たちの収穫に大きな影響を及ぼす。バケツに集めたコロラドハムシは後で燃やされた。無数の硬い羽根が火の中でパチパチと爆《は》ぜる音が、未だに耳に残っている。今ではこの村に小さな泥棒たちはいない――原子炉事故の後で、コロラドハムシのような厄介なものを見ることはなくなった。

チェルノーヴォにいる者はみんな、私が准看護婦をしていたことを知っていた。子どもがどこか骨折したり、腹痛が治まらない者がいたりすると、私は呼ばれた。ある時男の子が熟していないプラムを食べ過ぎたことがあった。繊維質が腸閉塞を引き起こしていた。

男の子が真っ青になって床の上で身を捩《よじ》っていたので、私はすぐに医者に連れていくように言った。そして男の子は手術をされて助かった。盲腸の男の子も、そしてハチに刺されて危険な状態の男の子も助けた。

私はそんな子どもたちが好きだった。バタバタさせている足、引っ掻き傷をつくった腕、大きな声が好きだった。今寂しく思うことがあるとすれば、それは子どもたちがいないことだ。今チェルノーヴォに暮らしている者に孫はいない。いたとしてもせいぜい写真でしか見られない。私の家の壁はラウラの写真で埋めつくされている。イリーナが送ってくれる手紙には、たいてい新しい写真が入っている。

おそらくラウラももうすぐ、休暇になっても手間がかからなくなるだろう。みんな昔のままだったらと思ってしまう。でもそれを思うと辛くなる。赤ん坊の頃の写真のラウラは、小さくて真剣な顔をしていた。ラウラが何を考えているのか、どうしてラウラの瞳は暗い影を投げかけているのか、私はよく考えた。写真のラウラは、ヘアクリップも大きなリボンも、何も髪飾りはつけてなかった。赤ん坊の時から一度も微笑んでいなかった。

比較的新しい写真のラウラは、脚が長くて、ほとんど真っ白の髪をしている。ラウラは今でも真剣な顔つきをしている。ラウラは私に一度も手紙を書いてくれたことがない。ラウラの父親はドイツ人ということだ。イリーナは私に結婚式の写真を送ってくれると約束した――それは娘が守らなかった数少ない約束の一つだ。今では娘はいつもお婿さんからのよろしくとのメッセージを書き添えてくる。ドイツからの手紙はすべて箱に入れて、棚に置いてある。

私はイリーナに、ラウラが元気かどうか一度も聞いたことがない。イリーナ自身の健康状態についても聞かないことにしている。もしも何かあればそれが心配の種になり、何があったのかと尋ねたら、その答えが気になる。だからとにかくただ娘たちのために祈るだけだ。誰かが私の祈りを聞いてくれるとは思ってないというのに。

イリーナはいつも私の健康状態を尋ねる。私たちが会うと――それは二年毎だが――娘はまず血液検査の結果を尋ねる。まるで私がそのデータを知っているかのようだ。娘は私に血圧を測定しているか、そして定期的に胸のレントゲン検査を受けているかどうか尋ねる。

「イリーナ、ねえ、私がいくつだと思っているのよ。ビタミンと手術と予防検診がなくてもこの通りよ。何か悪いものができたって、放っておくわよ。誰にも私の体に触らせはしない。注射針を刺すことに関しては、少なくとも私はそれで食っていたんだから」と私は言う。

イリーナは首を振る。私が言うことに間違いがないと、娘はきっとわかっている。でも外科医としての立場からは放っておけない。今の娘の年の頃、私は同じような考えだった。その頃の過去の私なら、今の私と大喧嘩していたことだろう。

＊

自分たちの村を眺めると、ここで歩き回っているのは生ける屍《しかばね》のような者だけではないという気がする。多くの人はそう長くはないだろう。それは明らかだだが、原子炉事故のせいだけではない。ここには何人もいない。全員を数えるのに両手で足りる。十二人の人たちが私を見習って、一度に突然チェルノーヴォに戻ってきた五、六年前は、まだここにはもっとたくさんの人がいた。それから私たちは何人かを埋葬した。他の者たちはクモのように丈夫だけれども、クモの巣に少し綻《ほころ》びがあるのは仕方がない。

例えばマリヤは、いっしょに暮らしているヤギのことと、鍋の中で今とても美味しそうに煮えているおんどりのことで、多少気がふれたようになっている。私と違って、マリヤは自分の血圧をかなり正確に知っている。一日に三回血圧を測っているので、血圧が高すぎるとある錠剤を服用し、低すぎると別の錠剤を飲む。そんな風にマリヤはいつも何かしている。それでも彼女は退屈している。

マリヤのところには、村じゅう皆殺しにできるほどの薬品棚がある。マリヤはその棚を定期的にマリュシの薬局で補充する。鼻風邪と下痢の時には抗生物質を飲む。私はやめた方がいいと言う。抗生物質は副作用があって、体に悪いからだ。でも彼女は言うことを聞かない。彼女から見ると、私は健康過ぎるというのにそれを自覚していないらしい。事実私は、最後に風邪をひいたのがいつだったか覚えていない。

チキンスープの匂いは私の小さな家の中を漂い、窓から外に流れていく。鍋から鶏の肉をとり出して、皿の上で冷ます。ネコが狂ったように鳴く。私は指をさしてネコ威嚇する。野菜を掬いとる。野菜はその味をブイヨンに吸い取られて、今ではほとんどくたくたになっている。それを古新聞に包んでコンポストにもっていく。私のコンポストではカボチャが育っている。秋になると私はカボチャを収穫して村じゅうに配る。そうしないと一冬じゅうカボチャ入りのキビがゆを食べなくてはならないかもしれない。

ブイヨンを漉《こ》して別の鍋に入れる。ブイヨンの黄金色の脂の粒が私を見つめる。雑誌でブイヨンから脂もとり除くべきだというのを読んだことがあるが、私にはそれが理解できない。生きようとする者は、脂肪分を摂らなければならない。砂糖も時々摂らなければならない。中でも新鮮なものはたくさん摂らなければならない。夏になると私はほぼ毎日キュウリやトマトのサラダを食べる。そして菜園を一面緑に覆ったハーブを一束ずつ——ヒメウイキョウ、アサツキ、パセリ、バジル、ローズマリーを食べる。

鶏の肉はもうあまり熱くないので、手で触ることができる。慎重に肉を骨から外して、深皿に移す。私は昔子どもたちに肉を小さく切ってやった。その際、肉を公平に分けることに気を遣った。アレクセイはイリーナよりも一歳半しか下でないのに、華奢な男の子で、時々息子の皿に大きい方の塊をのせてやりたいという誘惑にかられた。

チェルノーヴォにはニワトリがたくさんいたので、私たちはよくチキンスープを飲んだ。そのブイヨンから私はボルシチとシチー[注4]とソリャンカ[注5]を作ったが、一度も退屈することがなかった。ラウラが小さい頃にはイリーナも肉を小さく切り分けてやったことだろうと想像する。もしもラウラが私のところにいたら、あなたのお母さんが子どもの頃にはこんな子だったのよと、話してやったと思う。しかしラウラは遠くにいて、壁の写真から悲しそうな灰色の目で私を見つめている。

何かやることがあると、一日はあっという間に過ぎ去る。家の中を片づける。タイツを洗濯して、庭で洗濯ひもに吊るす。洗濯物は太陽の光で乾いて漂白され、二時間もすればたたんでクローゼットにしまうことができる。

鍋の汚れを砂で擦って洗い落とし、井戸水でもう一度濯《すす》いで同じように太陽光で乾かす。その間に休憩する。新聞をもって家の前のベンチに座る。新聞はマリヤからもらった。引っ越してきた時に、彼女は新聞を家の中で見つけた。そこには以前、身寄りのない女の人が住んでいて、よく新聞を読んでいた。そして面白い女性雑誌も。『働く女性と女性農業家』というもので、全号揃っていた。それらは洗濯ひもで縛って、ベッドの下と道具小屋に置いてあった。マリヤはそれを全部私にくれた。日中や、寝る前に時間があると、私はそれを読む。

『働く女性と女性農業家』を開くと、そこにはスイバの料理レシピ、洋服の型紙、あるコルホーズを舞台にした短編の恋愛小説があり、そしてなぜ女性はズボンを穿いてはならないのかというテーマでの議論があった。これは一九八六年の二月号だ。

＊

スープの半分を小さな鍋に移し替えて、それに合う蓋を探す。鍋を抱えてマリヤのところにもっていく。垣根を通り過ぎる時に小さく一度瞬《まばた》きをせざるを得ない。コンスタンチンの幽霊がそこに座って、風に揺れている。コンスタンチンに向かって頷く。するとコンスタンチンは激しく羽ばたいてそれに応える。

マリヤの家の前でネコたちがひしめき合っている。それは何も不思議ではない。そこはカノコソウ[注6]のにおいがする。マリヤは大女だ、特に横幅に関しては。彼女は肘かけ椅子に座っている。彼女の体は肘かけから肘かけまで山なりに連なっている。彼女の視線は、二つのアンテナがついているテレビに向けられたまま動かない。画面は黒っぽい。

「今日は何をやっているの？」と聞きながら、鍋をキッチンのテーブルの上に置く。

「下らないものしかやってないよ。いつものことだけどね」とマリヤは言う。

だから私も自分の家のテレビのスイッチを入れることはない。ただし時々テレビの埃は払う。私の家のネコはテレビにかかったレースのクロスの上で眠るのが好きだ。前回マリユシに行った時に、ショーウインドーで絵画のように壁にかかっているテレビを見た。それに対してマリヤのテレビは、部屋の半分を占めるばかでかい箱だ。

「それは何?」マリヤは私の方を振り向かない。あんな風に無理やり肘かけ椅子に押し込まれたら、誰でも振り向くのは容易ではない。

「スープよ。あなたの分」と私は言う。

すぐに彼女は大声で泣き出す。するとマリヤのベッドで寝ているヤギが情けない声で「めぇぇぇー!」と鳴き声を上げる。

皿を取ってくる時に、近頃マリヤがだらしなくしていることに気がつかないわけにはいかない。

食器類には油膜がはっている。それはマリヤが石鹸を使わないでいることを物語る。流しでは食べものが腐って、カビが生えている。そしてこの女は私に、クモの巣を払うようにと言い出す。テーブルの上には色とりどりの錠剤がある。

「マリヤ、いったいどうしたっていうの?」と私はきつい口調になる。

彼女は片手を振って否定しながら、もう一方の手で胸の間を掻き毟る。溜《た》まっている洗濯物の間から、一枚の写真を取り出して私に差し出す。

私はメガネを額の上にずらして、その写真を目の前に近づける。写真は白黒で、そこには一組の男女が写っている。引き裾の白くて長いウェディングドレスの若い女性と、黒のスーツを着た、肩幅が広くて額が狭い若者だ。その女性は胸が引き裂かれるほどに美しい。濃い睫毛《まつげ》の下の大きな目と、甘いキスを予感させる唇。体にぴったりと仕立てられてはいない、少し大き目のウェディングドレスを着ていると、壊れてしまいそうに見える。そして実物との違いはそれほど大きくはないかもしれないが、それがマリヤだと私はすぐに気がつく。

「それじゃあこれは旦那さんのアレクサンダーなの？」

するとマリヤはさらに大きな声で泣き、五十一年前の今日結婚したのだと言う。

マリヤがただ単に怠けてだらしないのではないことを、とっくに思いつかなければならなかった。彼女がだらしないのは鬱になっているからだということを。私が准看護婦だった時には、鬱病というのはなかった。自殺をすると、恋の病を除いて精神病と言われた。後に新聞で鬱病のようなものが流行っているという記事を読んだ。そしてイリーナが前回来てくれた時にそれについて聞いてみた。

何も答えたくないと言うかのように、娘は私を見つめた。なぜ私がそんなことを尋ねるのか、それが国家機密でもあるかのように、娘はそれを知りたがった。

私はとにかく何が起きているのか知りたいだけだと言った。イリーナによれば、ドイツでは鬱病が、実際にウィルス性胃腸炎のようにかなり広まっているということだった。

マリヤを見つめると、もしかするとウィルスはあの時国境を越えて流出したのかもしれないと思ってしまう。もっと早くにチェルノーヴォに来ていたら、もしかすると彼女はウィルスから逃れることができたのかもしれなかった。その他の地域で流行したとしても、ここで私たちに危害を加えることはできない。

マリヤは以前アレクサンダーのことについてたくさん話してくれた。たいていは、彼がマリヤをさんざん殴りつけた挙句、ある時酔ってトラクターに轢《ひ》かれてしまったということだった。マリヤはしばらく看病したが、彼は何度もマリヤを罵りながらベッドからステッキを投げつけたり、ちょうど手元にあった重いものを投げつけたりした。原子炉事故の二、三日前に彼が放り投げたラジオがマリヤに命中した。ラジオが壊れ、マリヤはそれに激怒してアレクサンダーの方を振り向くこともなく、管財人とともに一袋の衣類を抱えてそこを去った。しばらく経って発見された時には、彼はすでに亡くなっていた。そして今、マリヤは自分を責め、自分の過去を赤く染めている。

私がそれについて考えることは一つしかない。二人の大人がいっしょに暮らしていても、子どもがいない場合はまったく何もなかったかのごとく別居することができる。そうなるとそれはもう結婚ではなく、お遊びだ。

でもその意見を私は自分の胸に留《とど》めておく。

マリヤの二枚の皿を徹底的に洗って、カーテンの切れ端とわかる布巾で水を拭き取る。井戸に水を汲みに行くだけの体力がないのに、私に水を浪費されてしまったと、マリヤは独り言のようにぶつぶつ言う。静かにしろと、私は舌打ちする。

マリヤは苦労して肘かけ椅子から立ち上がり、テーブルの前に座る。ばかでかい体のその尻の下で、椅子がぐらついて音《ね》をあげる。あらゆる食べ物を自分自身で作るか、または苦労して町で調達してこなければならないこの村で、どうすればあれほど太ることができるのだろうか、それが私には大いなる謎だ。

マリヤにチキンスープを差し出す。

彼女がスプーンを手に取って黄金色のブイヨンの中に入れ、それを口に運ぶのを見た時、私は突然気づく。両目に将来の不安が揺らいでいるとても若い花嫁のマリヤを。昔の彼女の美しさはまったく衰えていない。まだ幽霊のようにこの部屋を漂っている。私はこれまでの人生でどれほど軽々しく思っていたのか。美しくなかったということは、美しさを失う不安がなかったことを意味する。私の両足が男たちの理性を失わせただけだ。そして今では自分の爪を切ることすらできない。最近はそんな時マリヤが私の爪を切ってくれる。ヤギがマリヤのベッドから飛び出して、私たちのいるテーブルにやってきた。ヤギはマリヤの膝の上に頭をのせて、私の方を覗き見る。私はスープを一口飲む。それは涙のように塩辛く、透き通っている。

マリヤはここに来るべきではなかった。それは放射線のせいではない。彼女を苦しめる静けさのためだ。マリヤは本来、毎日パン屋で口喧嘩ができる都会にいるべきなのだ。ここでは彼女と言い争いをする気がある者は誰もいないので、自覚することなく、ぶくぶくと太って、そのまま死んでいく。

*

村の大通りに沿って三十軒ほどの家がある。その半分は人が住んでいない。お互いに知らないものはいない。誰がどこから来たのかみんな知っている。隣人がいつトイレに行き、夜中に何度寝返りをうつか誰でもよく知っていると、私は思っている。それは、ここで全員が互いに頼り合っていることを意味するものではない。チェルノーヴォに戻ってくる者は共同生活をする気がない。

しかしお金もその理由の一つだ。確かにマリュシにも住宅はあるが、フルシチョフ時代の六階建ての灰色の建物は、パイプが穴だらけで、紙のように薄っぺらの壁にはカビが生えている。庭の菜園の代わりに、錆びついたブランコ、滑り台の骨組み、そして回収されずにゴミが詰まったままのゴミ容器の荷台が中庭にある。トマトを栽培しようとしたら、郊外にある週末の別荘が必要だ。そこに行くには一日に一本しかない超満員のバスに乗って行くしかない。マリュシに住むとしたら賃貸住宅を借りなければならなかった。私の年金では、よその土地ではたった一部屋分にしかならず、しかもその部屋はかなり小さいものになったことだろう。

しかし私たちのいるチェルノーヴォには、私が知る限り、お金に苦労していない人たちもいる。例えばガブリロフ夫妻は教養のある人たちで、二人の鼻の頭を見れば私にはそれがわかる。夫妻はいつも快適な生活を送っている。夫妻ならばガーデニングで賞を獲得することができるかもしれない。そこにはキュウリの栽培棚と温室があり、テレビで見られるように、暖かい季節にはバーベキューができる設備がある。そして灌木の中のバラが垣根に絡まって上に伸びている。バラは数え切れないほどたくさんの色がある。ガブリロフ氏は時々スーツ姿でバラのところに立って、萎れた花を見つけるとすぐにそれを切り落とす。ガブリロワ夫人は、アブラムシ対策に、石鹸水をたっぷりと染み込ませた布切れで葉っぱを軽く叩くようにして拭く。夫妻の土地の前を通り過ぎると、ハチミツとローズオイルの匂いがする。二人とも他人と話すことさえしない。急に塩が必要になったとしても、私は他の人のところに借りに行くだろう。

レノーチュカのところには行くかもしれない。後ろから見ると彼女は少女のようだが、前から見ると人形のようだ。イリーナが小さい時にもっていた人形を、ただ何十歳か年上にしたような感じだ。レノーチュカはたいてい自宅で果てしなく続くマフラーを編んでいて、話しかけると微笑み返す。でも答えることはない。ハエが増えるかのように、彼女は自宅にたくさんのニワトリを飼っている。何か必要になったら、私はレノーチュカのところに行くかもしれない。何かもっていれば、彼女はいつも分け与えてくれる。

ペトロフのところにも行くと思う。ただし彼の家に塩はない。彼は頭のてっぺんから爪先まで全身癌に侵されている。手術後、病院では亡くなるまで入院させておこうとしたが、彼は刑務所から脱走するかのように病院から逃げ出した。点滴を引きずりながら患者衣のまま窓から飛び降りた。チェルノーヴォにある前妻の祖父母の家に転がり込んで、すぐに安らかに死ぬこと以外に彼は何も考えていなかった。それからもうしばらく過ぎている。一年前にペトロフがここにやってきて以来、誰も移り住む者はいない。庭の畑に何も植えていないのは、もうこれ以上癌に餌をやりたくないからだと、ペトロフは言う。塩と砂糖は彼の体にはよくない。そのため彼の家にはその両方ともない。

スプーンをポケットに入れて、通りの向こう側にチキンスープの皿をもっていく。ドイツ製のトレッキングサンダルが埃を舞い上げる。ペトロフの家の門のところで大声で呼んでも返事がないので中に入る。ペトロフはまだ生きている。彼はズボンの前を閉じながら、生垣の向こうからやってくる。ベルトには錆びついた小さな斧が差し込まれている。左腕には黄ばんだ小冊子のようなものを抱えている。おそらくどこか誰も住んでいない家で見つけたのだろう。最初の何ヵ月か、彼はチェルノーヴォじゅうの家のドアをノックして、神経質なまでに読むものがあるかどうか尋ね回っていた —— 彼は着替えと一冊のメモ帳しか入っていない鞄一つでやってきたのだった。

「やあ、ババ・ドゥンヤ。俺は園芸のようなことはやっていないんでね、このブラックベリーにはまいったよ」彼は引っ掻き傷のできた両腕を私に見せる。私は気の毒に思いながらも首を振る。

「『働く女性と女性農業家』には何か新しいことが書いてあったか？」とペトロフは尋ねる。

皮膚がとても透き通っているので、もしかすると彼は幽霊ではないのかと考えてしまう。

「何か食べないといけないわよ。さもないと力が出ないから」と私は言う。

彼はくんくんと皿のにおいを嗅ぐ。

「あんたのデブの友達のところの老いぼれのニワトリか？」

あれほど透き通っているというのに、何てひどい言いようか。

「それでようやく静かになったというわけか」と言って、彼はもう一度においを嗅ぐ。

「食べなさい」

「こんなものを食わされた日には死んじまう。塩と脂肪、それに動物性たんぱく質の塊だ」

私は穏やかな性格だけれども、だんだんとペトロフの襟元にこのスープを流し込みたくなる。

彼は家の前のベンチに座って、私がもってきたスプーンをシャツで拭く。

「俺はあんたが好きだ、ババ・ドゥンヤ」と言う時、スプーンがペトロフの手の中で震える。彼はきっと何日も前から何も食べていない。

「お腹が空いているのなら私のところに来なさいよ。いつでも作りたてをご馳走してあげるから」と私は言う。

「俺はろくでなしかもしれないが、居候にはなりたくない」

「お礼に私の家の鎧戸を直してくれればいいわよ」

「見てくれ、俺が見つけたんだ」ペトロフは、私と結託しているかのように、ズボンの尻ポケットに手をやる。

私はそれを確かめるためにメガネを額にずり上げる。水色のベロモル[注7]の箱で、へこんで文字は色褪せている。

「どこで手に入れたの？」

「カウチの後ろだ」

「空《から》みたいね」

「いや、まだ三本入っている」

ペトロフは私に箱を差し出す。私は折れ曲がったタバコを一本引き抜く。彼も一本取り出してくわえる。彼は私に火を貸してくれる。煙が喉に染みる。

「あなたは居候なんかじゃない。最後のタバコを私に分けてくれるなんて、本当に気前がいいのね」と私は言う。

「俺はもう後悔している」彼はたった今スプーンでスープを掬ったのと同じように、かなり短くなるまでタバコを吸い込む。「俺はジェントルマンなんかじゃない」

私のタバコはシューッと音を立てて消える。私が何か間違いを犯したのか、または古くて湿気《しけ》っているだけなのか。ペトロフはタバコを私の口から引き抜いて、注意深くベンチの上に置く。

「あぁ、腹が痛てぇ。あの老いぼれのおんどりで腹がいっぱいだ。このスープに殺される」と彼は言う。

根がペトロフの家をもち上げようとするくらいよく育ったゴボウの木の大きな葉を一枚摘みとり、それで皿をきれいに拭く。最後にタバコを吸ったのがいつだったか思い出せない。

＊

視力は衰えたけれども、耳はまだよく聞こえる。それはきっと村にほとんど騒音がないことにも起因している。発電所のぶぅんと呻る音は、マルハナバチのブンブン飛び回る音やセミの合唱と同じように私の耳に迫ってくる。夏は私たちのところでさえ他の季節より騒がしい。冬になると静けさはいっそう増す。雪ですべてが覆われると、夢さえも消え失せる。鷽《うそ》が藪から飛び出してきて、白い景色を色づけるくらいしかない。

いつか電気が止まったらどうなるのかなどとは考えもしない。私のところにはガスボンベがある。どの家にも蠟燭《ろうそく》とマッチがある。私たちは忍耐を強いられている。でも私たちがすべての資源を使い果たしたとしても、政府が助けてくれるなどとは誰一人信じていない。だから互いに依存し合わないようにしている。冬にペトロフは隣の家の一部を壊して暖房に使い始めた。ここには薪が十分にある。

生物学者は私に、ここではクモが変わった巣の張り方をするだけでなく、セミも他と違う鳴き方をすると話した。そんなことは私でもわかっていると生物学者に言ってやりたい。耳があれば聞こえるのだから。でも生物学者はその原因がわかっていない。彼は機械でセミの合唱を録音し、メモ帳とストップウォッチを手にして、それに耳を傾けていた。何十匹ものセミを穴の開いた透明の箱に入れて、大学に帰っていった。何かわかったら連絡すると約束したのに、まだ彼から何も聞いていない。

チェルノーヴォでは連絡をとるのが難しい。連絡を拒む人の場合は、そもそもまったく不可能だ。マリュシには私たちの私書箱がある。そこに行った人が他の人の郵便物を受け取ってくる。そうしない人もいるが。

私は誰にも頼まない。私の私書箱の中の郵便物はいつも重いからだ。イリーナは私に小包を送ってくる。アレクセイはそういうことをしない。二人のどちらにより感謝しているのか、私にはわからない。

もしもドイツのイリーナからの小包をすべて積み重ねたら、何階もの建物と同じ高さになっていたかもしれない。でも私は黄色い紙の箱をきちんと折りたたんで、それを物置にしまっておく。イリーナは小包に入れるものをよく考えている。ある時は燻製ソーセージと缶詰などの保存食品、ビタミンとアスピリンのタブレット、マッチ、厚手の靴下、タイツ、手洗い用の洗濯洗剤。ある時は新作のメガネ、度つきのサングラス、歯ブラシ、鉛筆、糊。またある時は体温計、血圧測定器（これはマリヤにあげてしまった）、そしてあらゆるサイズの電池。私は真新しいハサミ、ポケットナイフ、そしてデジタルの小さな目覚まし時計を集めているかのようだ。

ジャムは何時間もことことと煮立たせなければならないので、ここでは手に入らないドイツ製のゼリー用の砂糖が小包に入っている時は嬉しくなる。ベーキングパウダー、ラテン語の文字が書かれている香辛料、小さな袋に入った豆とトマトの種も嬉しい（ただし私は自分の種を植える方が好きだ）。大きな包みに入った絆創膏とガーゼの包帯はいつも他の人に分けてやる。

足りないものは何もないと私はイリーナに何度も手紙に書いた。ほとんど何もないと。新しい知識を得られるように、いつでもいいからドイツの花の種を送ってくれるなら、そうしてもらいたい。でも娘がドイツにいて私を扶養する必要はないと書いた。娘は小包を送ることとの必要性を私よりも切実に考えているのだと、その時私は気がついた。それ以来とにかく感謝の言葉だけを書き、時々希望を伝えている。例えばクマの形のグミやピーラーがほしいと。

それに対して手紙が届くのは落ち着いて待っていられない。一通の手紙にいつもお祭り気分にさせられる。その時は新しい新聞さえいらない。それにもかかわらずマリユシに行く時に、少しは世の中のことを知るために新聞を一部買うことにしている。そして次の手紙が届くまで、直近の手紙を毎晩寝る前に読む。

最近は手紙があまり書かれなくなって、コンピューターや電話で状況を知らせ合っているのではないかというのがペトロフの主張だ。それどころかコンピューターから電話に繋げるのも珍しくないとも言う。チェルノーヴォには電話がない。前から電話器はあるけれども、機能している電話線がない。小さな携帯電話をもっている人もいるけれども、都会の近くでないと電波を受信できない。ペトロフは携帯電話をもっていて、私に見せてくれたことがある。でも彼はその電話の上で小さな子どものようにブロック遊びをしている。

彼はこの村に初めてやってきた時、体を引きずるようにして通りを歩きながら携帯電話を高く掲げた。「だめだ、まったく繋がらない」と嘆いて、彼は私たちに無線のアクセスポイントの設置を求める署名を集めるべきだと提案した。でもまだ繋がることはない。

ガブリロフ夫妻によれば、電話をしたいならチェルノーヴォにいても仕方がないということだった。どうでもいいようなものからも放射線が出ているとマリヤは言った。私が若い頃にはすでに老人だったので、ご老体のズィドロフは今では少なくとも百歳以上と思われる。いずれにしてもそのズィドロフがペトロフに、自分の家の固定電話はまったく問題ないので、みんなと同じようにいつでもそれを使って構わないと言った。

ズィドロフは古い電話を見せてくれた。それは本体に受話器と回転式のダイヤルがついたもので、最初はきっとオレンジ色だったと思われる。それは、収穫したばかりの巨大な黄色のズッキーニに囲まれるようにして、テーブルの上にあった。

ペトロフは受話器を耳に当てた。そして受話器を他の者たちに順々に手渡した。

「壊れている」と言って、マリヤは私によこした。そして私は受話器を置いた。

「この電話線は死んでいる、じいさん」とペトロフは言った。「ここじゃ繋がるはずがないんだよ、わかるかい。どの電話もだ」

ズィドロフはそれでも譲らなかった。彼は定期的に――毎週ではないが、ほぼ毎週――都会に住む女友達と電話で話していると言い張った。

「ナターシャさ」ズィドロフは私の懐疑的な視線に向かって言ってから、マリヤを指差した。「あんたはちょっとだけあれよりは若いかな」

後になってペトロフは、ズィドロフじいさんは頭が少しいかれていると、私を納得させようとしたけれども、私は肩を竦《すく》めるだけだった。ここで非難などしないのがペトロフだ。

家の前のベンチに座っていると、ズィドロフが杖をついて、足を引きずるように私の前を通り過ぎる。彼もあまり調子がよさそうではない。少し行き過ぎてから振り向いて、大変そうに引き返す。そして私の前に立ちはだかる。全身いたるところが震えている。もしも彼に歯がたくさんあったら、カチカチ鳴っていたかもしれない。

その時彼は、なぜ家の中に入ってくれと言わないのかと言う。

それで私は家の中に入ってもらう。居間はクモの巣にいたるまできれいに片づいている。お客様はいつ来ても構わない。いつもそう思っている。ただしズィドロフが来ることは想定していない。彼は椅子に腰を下ろし、膝の間に杖を立てて両手をテーブルの上に置く。私はやかんを火にかける。

彼はスーツ用の古いグレーのズボンを穿いている。それは擦り切れているけれども汚れてはいない。両脚は骨ばっていて、無精髭は針金のようだ。

「ドゥンヤ、まじめな話だが」と彼は言う。

「まじめくさって何なの?」と私は聞き返す。

「そう急《せか》さないでくれ」

私は時間の猶予を与えてやる。やかんがフューフューと音を立てる。ペパーミントの茎を折り曲げて、二つのティーグラスに入れる。そしてその上に熱湯を注ぐ。少し冷めるまでそのままにしておく。ズィドロフはすぐにひと口飲んで、砂糖をくれと言う。

棚から箱を取り出す。箱は古くて、角砂糖はぼろぼろに崩れやすい。私は角砂糖を入れない。上質の砂糖を口にすると落ち着きを失って、我慢できなくなる。

ズィドロフは角砂糖を二つティーグラスに放り込んで、かき混ぜる。ミントの茎が邪魔になる。

「あんたに言いたいことがある」と彼は前置きをする。

「しっかり聞いているわよ」

「あんたは女だ」

「そうね」

「そして俺は男だ」

「あなたがそう言うのなら」

「結婚しないか、ドゥンヤ」

ペパーミントティーにむせて咳き込み、私の目に涙が溢れる。ズィドロフは私が咳き込むのを好意的に解釈し、じっと私を見つめる。ハンカチをとり出して顔を拭くのを、私が感激したものと受け取る。

彼は咳払いする。「なぁ、とにかく悪い話じゃないだろう。俺はあんたが好きだ」

「私もあなたが好きよ」と私は無意識に答えてしまう。「でも……」

「それなら要するに決まりってわけだ」と言って、ズィドロフは立ち上がり、家を出ていこうとする。

私は僅かの間だが言葉を失う。その間によく考えて、ドアのところで彼に追いつく。

「そんなに慌《あわ》ててどこに行くつもり？」

「俺のものを取りにさ」

「私は『はい』とは言ってませんよ」

ズィドロフは振り向いて、私を見つめる。その目がこの村の上の夏空のように青くぼやける。「えっ、何だって？」

笑いながら彼を椅子に連れ戻して、彼の手にティーグラスを押しつける。

「私は結婚する気はないの、ズィドロフ。誰とも。もう絶対に」手の甲の親指のつけ根あたりにだが、色褪せた小さな刺青がある。十五歳の時に彫ったものだ。針と染料とで。よりによってこんな時にそれが痒くなり始める。その刺青は今となっては文字というよりもハエの糞のように見える。

「どうして？」ズィドロフの年老いた目にあどけない驚きが見える。

「私は結婚するためにここに来たんじゃないわ」

侮辱されたように大きく息を吐いたり吸ったりした後で、ズィドロフは苦労してまた立ち上がる。「よく考えてくれ。俺ならあんたの垣根を直してやれる」

「どうして今なの？」

「俺たちがもう年だからだ」

「あなたには町にお友達がいるんじゃないの？」

もう一度大きく息を吐いてから、彼は手を振ってそれを否定する。ズィドロフが帰るのを止めることはできない。私はドアのところまでついていって、彼を見送る。通りを下っていく彼の杖が白い砂埃を舞い上げる。風が吹いてズィドロフのシャツの背中を膨らませる。

私は物心つく前からズィドロフを知っている。私を除くと、原子炉事故の前にチェルノーヴォに住んでいたのは彼しかいない。私がまだ若かった頃、彼はすでに家族を養う大人の男だった。当時私よりも頭一つ分背が高かった。原子炉事故の後で彼を見かけなくなった。私がチェルノーヴォに帰った時、彼はおそらく新聞で私のことを知ったのだろう。いずれにしても彼は二番目にやってきた。騒々しい奥さんと二人の息子がどうなったのか、彼に一度も尋ねたことがない。

なぜズィドロフが結婚を考えたのか、はっきりと想像することができる。彼は衣類などが汚れてごわごわになると、桶で家庭用の石鹸を使って洗い、よく濯がずに庭に吊るして乾かすような男だ。食事は一日二回、オート麦のフレークを、ロングライフ牛乳がある場合は井戸水で薄めて、普通の牛乳の場合はそのまま浸して食べる。祝日には砂糖をまぶしたコーンフレークかフルーツの香りのする色とりどりの渦巻き型のクッキーを、外国の表示がある大きな包みから直接口に流し込む。野菜を植えても料理ができないので、野菜は腐ってしまう。

それに対して私はいつも新鮮なものを料理している。だから私の庭の畑は豊かに実る。

*

一ヵ月前からマリュシに行ってない。計画通りにいけば、それほどすぐにまたマリュシに行く必要はなかった。でも蓄えは底をついた。バター、油、セモリナ粉、そして文字型のパスタ。前の晩に物置からロールバッグを取り出して、クモの巣を払った。クモは仕事がはやい。私たちは見習うべきだ。生物学者がクモの巣をピンセットで注意深く採取して、容器に入れたことを思い出さずにはいられない。

クモの巣の何が異常なのかが私にはわからない。銀色でべとべとしている。

マリヤにマリュシで何を買ってくればいいのか尋ねる。ペトロフにも聞く。ズィドロフにも聞こうかどうか少し考えるが、やめておく。ガブリロフ夫妻には尋ねない。レノーチュカは私のノックに応えない。マリヤの希望は、新しい雑誌、編み物用の毛糸、そして便秘用も含む大量のタブレットだ。編み物用の毛糸を買ってくるつもりはない。彼女のクローゼットには穴の開いたセーターが山のようにある。それを解《ほど》いてまた編むことができるはずだ。そんなものまで入れたら、私のバッグはパンパンになってしまう。

ペトロフはいい知らせを持ち帰ってきてくれと言う。

「冗談じゃないわよ。ハチミツなら買ってきてあげてもいいけど」と私は言う。

「俺はハチミツはいらない」と彼は言う。「ハチミツは食いたくない。ハチが吐いた反吐だからだ。とにかくいい知らせが聞きたい」

彼との会話はいつもこんなだ。

朝五時前に起きる。マリヤのおんどりの霊が垣根の上に座って、非難がましく私を見つめる。もっともその霊は何も言わない。おんどりの霊に手を振って、町に行く支度をする。トレッキングサンダルを入手して以来、かなり長い時間歩いても、クリームを塗り込んで足をマッサージする必要がない。とても快適な履物だ。新しいブラウスと古いスカートを身に着ける。いくらか緩《ゆる》い。明らかに私は痩せた。クローゼットの洗濯物の山の下からお金を取り出して、財布に入れる。その財布をブラジャーの中に隠す。

買い物リストは必要ない。すべて頭の中に入っている。もぎたてのキュウリを小さく切ってプラスチックのタッパーに入れる。それは中に事務用クリップを入れて、一年前にイリーナが送ってきたものだ。私にはその事務用クリップを何に使えばいいのかわからない。でもこの容器は使い勝手がいい。途中で水分が出ないように、キュウリに塩を振らない。自分で焼いたパンが二、三切れ残っていたのを天日干しにして、ラスクにした。それももっていく。町で売っている食べ物は体に合わない。

道のりは遠い。夕方にはトレッキングサンダルの中の新しい靴下が埃まみれになるとわかっている。一年前まではバス停まで一時間半だった。今はそれが二時間以上かかる。二年前は町まで自転車で行ったが、今は自転車に乗るとぐらぐらしてかなり危ない。ガブリロフ夫妻はいつも自転車で行くが、何を買ってくれればいいかと聞かれたためしはない。それはおそらく、村で二人でいるのが夫妻だけであることと、一人暮らしがどのようなものか想像できないことによるのかもしれない。

イェゴールのことと、彼と結婚していた当時のことを思い出す。それは盛大な結婚式で、村じゅうで祝ってくれた。私は細い結婚指輪をしたが、イェゴールは指輪をしなかった。それは私のお腹の中で育っている子どものために節約しようとしたからだった。私は三十一歳の年のいった花嫁だった。最初はイェゴールに承諾の返事をするつもりはなかった。私の妊娠に二人で驚くまで、三年間彼とデートを重ねた。私はもう妊娠できないと思っていた。そして初めて出産を経験する高齢の妊婦がしばしば問題となって、障害をもつ子どもが生まれることを知っていたとしても、その妊娠は私にとっては奇跡だった。

戸籍役場から帰って、みんなが飲み食いしている時に、私は中庭で靴を脱いでダンスを踊った。みんな歌うわ、口笛を吹くわ、入り乱れて叫びまくった。イェゴールはその中心から私を隅の方に引っ張っていき、今からきちんと靴を履いたままでいるようにと言った。彼は重いブーツで私の裸足の爪先を踏みつけようとするかのようだった。その時私は間違いを犯したことを知った。

私はイェゴールに腹を立てているのではない。たいていの男は似たようなものだった。

欠点を粗探しすることが間違いなのではない。そもそも結婚自体が間違いだった。私はイリーナとアレクセイを自分一人でもどうにか育て上げられたかもしれない。そうすれば自分の足をどうしようと、誰にも文句を言われる筋合いはなかっただろう。

*

バス停は「ゴルデナーハーゼ[注8]工場跡」という名前で、マリュシ行き147番路線はここが始発だ。その工場はバス停の待合所から何百メートルか離れたところにある。人のいないレンガ造りの建物で、塔がいくつか聳《そび》え立っている。窓ガラスは叩き割られている。中を覗くと、錆びついた機械が永遠の眠りについているのが見える。

以前は多くの人たちがチェルノーヴォや隣接する村々からバスや自転車でこの工場にやってきて、ベルトコンベヤーの前に立っていたのをまだ覚えている。ここのプラリネはとても美味しかった。黒っぽくて、溶かしたチョコレートで覆われていた。小さなナッツの欠片《かけら》が中に入っていた。極薄の紙に包まれていて、その上にはアルミ箔と色々な紙があり、そこにウサギの母子が描かれていた。工場の管理職たちには、新年のお祝いに巨大な箱に入ったプラリネの特別なコレクションが贈られた。ゼリー、コニャック、生クリームトリュフなど、中に何が入っているのかを考えると、当時の私は唾が湧いた。

大きな祝日に、私はイリーナとアレクセイに僅かばかりだがプラリネを買ってやった。ある時工場で夜間シフトの管理職が病気になって、私はその大晦日のコレクションの箱の一つを貰ったことがあった。おそらく彼は二つ貰ったのだろう。ものすごく運がよかった。

夜の十二時の時計の鐘が鳴った後で私たちはその箱を開け、プラリネを三人で分けた——イェゴールは一つも食べなかった。その箱は九ヵ月もった。包装紙を私たちは集めた。アルミ箔を折って、次の新年のモミの木の飾りを作った。ウサギの包み紙は本の表紙の間で平らに伸ばして、宝物のように見張っていた。子どもたちはそれをクマやキツネや頬の赤いお下げ髪の女の子が描かれている他のキャンディーの包み紙と交換し合った。

私の子どもたちが小さかった頃は、何メートル離れていてもいい匂いがするトルコのチューインガムはなかった。その匂いは、チェルノーヴァに帰ってくる前の一九九〇年代に初めて嗅いだ。チェルノーヴァにはトルコのチューインガム、偽物のシャネルの香水と偽造のコニャック、けばけばしく化粧した若い女たちの顔、洗いざらしのジーンズ、そしてけたたましい音楽はなかった。チェルノーヴァにあったのは静寂と私だけだった。何ヵ月か後になってズィドロフがやってきた。そして次々と家に明かりが灯っていった。

思い出すだけで溢れるほどの唾が湧く。私はかつて甘党だった、しかしいつの間にかチョコレートのことを考えると不快に思うようになった。生クリームの詰まったプラリネよりも自分の畑でとれたスグリの方が好きだ。それは年齢と膵臓のせいだ。私はバッグから小さなボトルを取り出して、井戸水を一口飲む。

工場を背にしてベンチに座り、夏らしい乾いた黄色い風景に目を向ける。畑は何十年も前から耕されていないが、名残はあった。あちこちでちらほらと穂が上空まで伸びている。それは毎年種になり、穂となって伸びる。その向こうにはとうもろこしとサトウダイコンとジャガイモも見える。そこは緑に生い茂った雑草と、葉っぱが大きくて、淡い紫色の棘《とげ》のある植物で一面覆われている。私はそれらの植物の名前を知らない。私が若い頃にはそんな植物はなかった。

バス停の待合所はきれいに緑色に塗られている。誰もこんな遠くまでこの待合所を完璧に塗りにやってきたりはしない。この地域は不気味に思われている。工場はみんなが死の危険地帯と呼んでいるところにある。チェルノーヴォはさらに奥まったところにある。終点のバス停はその境界の目印となっている。以前はここに機関銃をもった兵士が、死ぬほど退屈そうにして立っていた。今では境界に見張りはいない。それに対してウクライナでは、有刺鉄線と監視小屋がある地帯の実話のドラマが制作されている。ペトロフは私にそう話してくれた。境界線の向こう側で何が起きているのか、ますますわからなくなる。

チェルノーヴォにいる私たちはみんな、バスがそう長くは運行されないことを知っている。その時どうすればいいのか、私たちにはわからない。もしかするとそれまでに、私たち自身で栽培できないものをマリュシから運んでくれる人がいるのかもしれなかった。ペトロフはすでに何とかしてそのような人を探そうとしたが、誰も見つからなかった。私たちはみんな薄気味悪いと思われている。世間は、地図に示された死の危険地帯との境界が守られていると信じているように思える。

毎回のことだが、バスが現れると嬉しくなる。

私は一時間弱待たなければならなかった。その間の静寂の中を新鮮な空気で一息入れて、物思いに耽《ふけ》ることができた。村からバス停までは何キロもないが、私の年になると散歩とは言えない。戻る時には、私のバッグはいっぱいになっているだろう。そうなると、帰り道はさらに時間がかかることになる。

バスの運転手はこの区間を五年前から走っている。名前はボリスという。半年前には孫息子が生まれた。恐る恐る赤ん坊の具合はどうかと尋ねる。このような質問は慎重を要する。私は誰も傷つけたくない。ボリスは掠《かす》れ声で、男の子はよく食べて、すくすく育っていると答える。

私はほっと息を吐く。

彼は私の手の上のコインを数える。交通局は三十年間値上げをしていない。その運賃では、今ではマリュシで一杯の水すら買うことができない。年金も増えていないので、私はそれでもいいと思っている。

ボリスと話ができるように前の方に座る。彼はなで肩で腹が出ている。なぜか彼の表情が気にかかる。准看護婦だった時、私はしばしば彼のような男たちのところに呼び出された。彼らは心筋梗塞でベルトコンベヤーの横や車庫の中で倒れていた。

バスには一時間以上乗らなければならない。道はでこぼこで、アスファルトで舗装されていない道の上をどうにか回転しているタイヤの下から、小石が弾き飛ばされる。小さなバスはガタガタ音を立てて進む。そしてボリスのそばのミラーについているサッカーのペナントがゆらゆら揺れ動く。

窓の外を見ると、野原の上をハヤブサが旋回している。木々の間にノロジカとウサギが一匹ずつ見える。動物たちがこの辺りを自分たちの縄張りと思っているかのように見える。二つの人里離れた村を通り過ぎて、バスは町へと続く道を走る。大通りで一匹のネコが足を舐めている。

ボリスはテレビで見たことを話す。ウクライナ、ロシア、そしてアメリカの政治についてあれこれたくさんのことを。私はあまり真剣に聞いていない。政治はもちろん重要だが、それどころではない。いつかピューレを食べたいと思うと、ジャガイモに肥料をやることが頭から離れることはない。

大切なのは戦争がないことだ。しかし私たちの国の大統領はきっと戦争を引き起こす。それにもかかわらずイリーナが今ドイツのパスポートをもっていることを考えると時々気もちが塞ぐ。

バスの揺れは年老いた私の骨を振動させる。骨がカタカタ音を立てるのが聞こえるような気がする。そのうち私は少しうとうとする。目を開けると、バスは町の中心を走っている。バスターミナルのひどく汚れたブリキの箱の間をかき分けるようにして、ボリスは車庫の裏に車を進める。

マリュシの騒音は、来る度に耳がおかしくなるように思える。それに対して通りはますます人通りが少なくなり、バスターミナルのここさえも、せいぜい五、六人のバスの運転手と行列に並んでいる二十人の乗客しかいない。みんな言い争いをしている。私はそれに慣れることはない。

目的は決まっている。まずはイリーナが口座を開いてくれた銀行に行く。ここに私の年金が振り込まれる。何も買わなくても、全額引き出す。それは世間が私たちに、銀行を信用するなと教えてくれたからだ。

銀行の脇の小部屋に自動支払機がある。スカーフを首に巻いた若い女性が、助けが必要かと聞いてくる。助けは必要ない、必要なのはお金だけだ。そしてお金は機械からではなく、窓口の人間から受け取らなければならない。そのために私は店舗に入っていく。待っている間に、氷のように冷たい風がふくらはぎの辺りに吹きつける。ウールのストッキングを穿いてきたことにほっとする。ようやく私の順番になって、私は風が冷たいことに触れる。香水とチューインガムのにおいのする窓口の女性は、誇らしそうに、ここはエアコンが効いていると言う。彼女は生まれてから一度もコロラドハムシを触ったことがないように見える。彼女のデコルテから鳥肌が見えたので風邪に気をつけるように忠告する。彼女はずっと前から風邪をひいていると言って、私に年金を差し出す。それを私は数え上げ、二つに分けてブラジャーのカップにしまう。

年金を引き出すと、いつもイリーナ、アレクセイ、そしてラウラに何か買ってやりたくなる。ラウラが生まれたばかりの頃、私はラウラに色々なものを贈った。歯がためリング、がらがら、ロンパースを。そんながらくたを必要とする人などいないと気がつくまで。いずれにしてもドイツにはもっと素晴らしいものはいくらでもある。もしかすると私たちのところのトマトの方が大きいかもしれないが、向こうにはもっといいロンパースがある。

だから私は無用なものを買うのを止めた。全財産は古い茶筒に入れてある。ラウラが十八歳になる時には、それは実際にもうすぐのことだが、イリーナに残らず渡すつもりでいる。自分の葬式用に手をつけずにいた蓄えまで。そのお金をドイツマルクかドルに替えてラウラの豚の貯金箱に入れておくようにとイリーナに頼むつもりでいる。ラウラは私たちの家族で一番若い。若い人にはお金が必要だ。

ドイツにはもうドイツマルクは存在しないと、イリーナはいつも私の言葉を訂正する。でも何がその代わりになったのか覚えられない。

次に郵便局に行く。その途中で市場に立ち寄らずにはいられない。一休みしてからホールに足を踏み入れる。そこは魚と腐った野菜の臭いがする。そして油で揚げたドーナッツを売っているスタンドに寄りかかる。でもそのにおいが煙とともに鼻に纏わりつく。私は庭でとれたキュウリを食べる。

店員が私を見下ろす。スタンドに寄りかかって自分でもってきたものを食べるのは、店の邪魔になるということを私は理解する。バッグに手を伸ばして彼に謝る。でも店員はそうではないと手を振って、またじっと私を見つめる。そして私に死の危険地帯から来たバ・ドゥンヤかと聞く。

自分が今いるところをいったいどう思っているのか、この店員に尋ねることができたかもしれないが、そんなことはしない。彼が今、油で揚げたドーナッツの後ろにいれば安全だと思っているのなら、そう思っていればいい。その上彼が私を知っていることに唖然とする。私にはこういうことは受け入れられない。

彼は油紙に揚げ物を一つ包んで、私に手渡す。「家で食べてよ」と言う。彼の気もちを傷つけたくない。たった一口でも私の膵臓が壊れるとわかっているけれども、私はそれを受け取る。

「私たちを知っているの？」と聞いて、私は嚙みちぎるような動作をする。私が准看護婦だった時、たくさんの人が、隣接する村々の人たちでさえも、私のことを知っていた。何かあると、いつも私のところにやってきた。しかしマリュシには当時もすでに医者と看護婦が何人かいた。もしかすると彼はあの村の出身かもしれない。私の記憶力がいいのは確かだが、それは子どもたちの顔に関してだけだ。

彼に名前を聞く。

彼が言うには、私が彼を知っているはずはないが、ここでは誰でも私のことを話しているので、私を知らない者はいないらしい。そして他の帰還者たちについてもみんな知っているということだった。

店員は後ろを向いて、私に何か見せるために箱の中の新聞を探す。でも私は必要はないと言う。私のことを誰が何と言っているのか、またはかなりひどいことが書かれているのか、知る必要はない。この何年か、何度もレポーターたちがやってきて、私たちの庭の写真を撮り、質問した。

「私にはまだやらなければならないことがあるの」と言って、私はホールを後にする。油で揚げたドーナッツを紙にしっかりと包み、さらにバッグからとり出した紙ナプキンに包んで、バッグにしまう。マリヤはさぞかし喜ぶだろう。

郵便局には昼休み中と書かれた大きな看板が下がっている。時計を見る。これはよくない兆候だ。十一時少し前というのにもう昼休みということは、かなり長い昼休みになるだろう。公園に行って、ベンチで一休みする。アスファルトの上を歩くのは、関節に毒だ。空気も汚染されている。

公園は死に絶えたように廃れている。草むらには抱き合っている一組の若い男女しかいない。二人が気まずい思いをしないように、私は場所を移動して、少し前にマリヤのためにキヨスクで買い求めた雑誌で扇いで自分に風を送る。ここで買うことができる外国の雑誌の一つで、今ではロシアでも出版されている。どのページも光沢がある。華やかな衣装を身に纏った細身の女性たちの写真がたくさん載っている。一番後ろに料理のレシピがあるが、かなり奇妙なものばかりだ。私はタヒンしか知らない。リゾットというのは聞いたことさえない。リンゴ入りの米のミルクがゆくらいしか知らない。もしかするとそれはミルクがゆに当たる外国の言葉なのかもしれない。

たっぷり休んでからまた歩き出す。残りの待ち時間を買い物でつぶす。暑さでも傷まない生クリームと、チーズ、ボールペン、そしてバラの模様の便箋を買う。私はラウラに手紙を書くつもりでいる。塩とレモンを五個買う。白っぽいキノコが入ったプラスチックのケースを見ると、その上には「輸入物の栽培マッシュルーム」と書かれている。「輸入物」という言葉はブロック体で印字してあり、そこにはアンダーラインが引かれている。

バナナを三本買って、すぐに一本食べる。バナナは精神的には気晴らしになる。甘いのにいつもよく噛んで食べる。バナナの皮を包んで一番近くのゴミバケツに捨てる。

薬局でマリヤに渡された薬のリストを見て、その中の一つか二つ、棚から取ってもらう。ばかばかしいものは買わない。それから何種類もある鎮痛剤に私の視線が留まる。私は大きなパッケージを買う、用心のためだけに。

私のバッグは溢れるほどになる。自分のものはほとんど買わない。それはいいことだ。ラウラのためのお金が残る。郵便局に戻って、そこに看板がなくなっているのを見る。マリヤの私書箱には何もない。マリヤにはそう言わずに、郵便局は今日も厳しくて、権限のない私にはマリヤの郵便物を渡してくれなかったと言おうと思う。私の私書箱には三つの小包と五通の手紙が入っている。折れ曲がらないようにきちんとしまう。もう遅い。燻製のにおいがする。私はバスターミナルに戻らなければならない。

*

村に戻るが、外はまだ明るい。夏の夜は長く、容赦がない。ここでさえ空中で虫がブンブン騒ぎ立てる。大通りには人影もない。ズィドロフのところはドアが開いたままになっている。マリヤの家の窓の向こうで何かが動いている。彼女は最近よく眠れていない。そのため何種類もの錠剤を飲んでいる。でもその薬によって起きるのが遅くなり、虚ろな目でただ辺りをぼんやりと見ている。

ペトロフはハンモックで横になって、本を読んでいる。ガブリロフ夫妻は家の前に座って、チェスをしている。

私も座らなければならない。都会は人間からすべての力を吸い取る。買ってきたものを家の中に置いて、外のベンチに座る。

トレッキングサンダルは脱ぐと同時にかなり縮んで小さくなる。私は呻《うめ》き声を抑えることができない。

ウールのストッキングを脱ぐと、両足が姿を現す。この両足が踊った時間を合計したら、一年にはなるだろう。ダンスのステップを数えたら、何キロメートルにもなるだろう。今ではタコとウオノメがあって、爪は黄色く曲がっている。

バケツに入った氷のように冷たい井戸水に両足をつける。水の中で両足が揺らいで見える。冷たさが両脚を這い上がり、古くなった静脈と萎《しぼ》んだ筋肉が目を覚ます。両足を引き上げて、タオル地の布で汚れを擦り落とす。足の指を一本ずつ拭きたいけれども、そうはしていられない。

裸足で家の中に入る。木の床は暖かくて、掃き清められている。キッチンの明かりをつけて、やかんを火にかける。そしてマリュシで買ったチーズを小さく一切れ切って、クラッカーと赤いスグリの花といっしょに食べる。原子炉事故の後の年月を、疲れ果てて倒れもせずに、私が町で生き延びることができた経緯《いきさつ》を、どう話したらいいのかわからない。もしかするとそれは仕事が力を与えてくれたからかもしれない。町の病院で多くの人手が必要とされているのを私は知っていた。それが私を年金生活に入らせてくれなかった。病院にだけでなく、町にも永遠に背を向けた時、私はもうすぐ七十歳になろうとしていた。

寝る前に一通の手紙を開ける。イリーナの郵便物を開けるのは片手間に済ませられるようなことではない。ゆっくり座って、時間をかけて読むことにしている。頭の中は空っぽにしておかなければならない。ドアのノックに邪魔をされたくない。今が理想のひとときだ。届いたばかりの手紙を手に取る。でもいつもと何かが違う。封筒は白い。外国の消印の下に私の名前と私書箱の宛先が書いてあるが、外科医のイリーナの手で書かれたものではない。イリーナの字はそっけないがはっきりしていて、男の筆跡のように見える。この文字は丸くて可愛らしい。

封筒をハサミで開ける。もうこの時、この中にラウラの写真が入っていないのはわかっていた。封筒は薄くて手触りが柔らかい。一枚の紙が滑り落ちる。

ランプに近づいて、メガネを額の上にずらす。心臓が激しく脈打つ。もともと私は冷静で慎重なたちだ。でもドイツからの手紙を読み始める時には、みんなが何ごともなく健《すこ》やかに暮らしていることがわかるところまでは、動悸はまったく収まらない。そして少なくともこの手紙には、悪い知らせは書いてない。

何度も読もうとしているが、今度の手紙は何一つわからない。結局、胸の動悸は収まらない。手紙にはラウラの署名がある。でもそれはロシア語ではない。過去の仕事の経験がなかったら、私にはこの文字を判読することすらできなかっただろう。多くの医者は診断結果をラテン語で書いていた、キリル文字ではなく。

明け方まで眠れず、自分の胸に言い聞かせる。胸騒ぎは収まらない。自分の吐く息が聞こえる。それは鈍くひゅうひゅうと音を立てる。

死ぬことを恐れてはいないが、平静さを失う瞬間に、恐れるとはどんなことかとまた考えてしまう。子どもたちのことではなく、私自身について。すべてをやり終えた身体に留まろうとするのは愚かなことだとわかっているにもかかわらず、思っていたほど私がまだ覚悟ができていないということを、そんな瞬間が教えてくれる。でもまだ解決しなければならないことがある。書き残しておかなければならない言葉がある。私がいなければ、イリーナとアレクセイが、必要以上に厄介になることはないだろう。

頭の中を整理する。覚悟ができていると思えるように、絶対に済ませておかなければならないことを整理する。そうして私はいくらかほっとする。それにもかかわらず、マリヤにカノコソウを分けてもらおうとしているのを忘れていない。コンスタンチンがいたなら、今頃鳴いていただろう。コンスタンチンの霊は垣根の上でただ恨めしそうに私の方を見ている。

*

カーディガンを着て、ラウラの手紙を袖の中に入れる。そしてイリーナが送ってくれた小包からコーヒーを一箱、さらにマリヤへの薬の袋を買い物袋から取り出す。前日に受け取ってきたイリーナの手紙は、開封したままでテーブルの上にある。いつもと違って、明け方にその手紙を一息に読んでしまった。よく書いてあるのは——天気、仕事、EUのことだった。ラウラが私に手紙を書いてくれたかもしれないということには、まったく触れてなかった。

一揃い抱えてコンスタンチンの前を通り過ぎる。そうこうするうちに朝の八時になっている。マリヤは起きているのにまだベッドの中にいて、機嫌が悪い。背中には山のような枕が、そして膝の上には羽毛布団がある。ヤギがいないかと辺りを見回す。もしかするとヤギは家の裏で草を食《は》んでいるのかもしれない。

「調子悪いの?」私は土産物を取り出す。

「あんたは調子よさそうね?」と言いながらも、外国の言葉が書かれている新しい小箱を見ると、マリヤはそう長々と文句ばかり言っていられなくなる。ここが電波をまともに受信できる状態でなくてよかったと。ちゃんとテレビが見られれば、彼女もきっと、薬品会社のコマーシャルが推奨しているものはみんな即座に揃えていただろう。

マリヤの食器類の中にあったブロンズのコーヒーポットを磨いてきれいにする。そこにコーヒーをスプーンで量って入れる。その上にプラスチックの容器に汲んでおいた井戸水を注いで、入念にかき混ぜる。火をつけて徐々に温める。泡が立つと、それを掬い取って二つの小さなカップに分ける。最初に泡が立ってから、濃いブラックコーヒーになる。コーヒーを注ぐ時に手がいくらか震える。カップの中のコーヒーは美しい。表面がレース編みで飾られているかのようだ。

マリヤはコーヒーに少し口をつけただけで火傷をする。こいつがとんでもなく苦いから、死者が蘇るのかもしれないんだと、彼女は毒づく。ようやくベッドから出られたのだから、私はもう十分満足してもいい。二つに編んだマリヤのブロンドの髪は、眠っている間に崩れて、明るい色の一房になっていた。私はマリヤに白髪がほとんどないことに気づく。

「町はどうだった？」

「いつもと同じ」と私は答える。本当ではないにもかかわらず。私たちのところでは、時は止まったままでいる。でも都会は常に変わり続ける。マリュシは死に絶える。他の町は生き残るために変わり続けているということを、マリュシはわかっていない。

ラウラの手紙が袖の中でかさかさ音を立てる。本当はマリヤにラウラの手紙のことを話したかったが、やめる。ラウラのことが心の底から好きなのに、それを私は話せない。はらわたを吐き出さなければ話せないかのような気になる。

「あんた、今日はかなり変だね」マリヤは角砂糖をいくつもコーヒーに放り込む。

私は椅子から立ち上がる。もう時間だ。

「ねぇ、ねぇ」と言って、マリヤは白くて、柔らかい手で私のスカートを摑む。「もう少しくらいいてもいいじゃない」

「ところであなたはドイツ語ができるの、マリヤ?」

「どうしてそんなことを聞くの?」

マリヤはもちろんドイツ語はできない。ドイツ語が目の前にあったとしても、おそらく見分けることすらできないだろう。

「ドイツ語なのか英語なのか、わかる? ねぇ、マリヤ」

「さっきからいったい何を話しているのよ?」

私はまた腰を下ろす。若い頃の写真のマリヤをどうしても目の前に思い浮かべたくて、マリヤがもっとよく見えるようにハンカチで涙を拭く。

「わかった。もう少しだけなら」

マリヤは甘ったるいコーヒーを飲み干して、足を床につけたままでいる。両足とも裸足で、爪には赤いエナメルを塗ってある。その爪がブルーベリーのキャンディーのように輝く。

「ねぇ、あんたがまた帰ってきてくれて嬉しいよ。あんたがマリュシに行く度に、いつも不安になるんだ、もう帰ってこないんじゃないかと」とマリヤは言う。

＊

大通りでは死者どうしが咎《とが》め合う日がある。各々勝手にしゃべっていて、どんなにばかげたことを話しているのか気づいていない。入り乱れる声が彼らの頭上に垂れこめる。そして再び死者全員がいなくなる日がある。その時彼らがどこにいるのか、私にはわからない。私がその中の一人だとすれば、もしかするとそれを知ることができるかもしれない。

私にはマリナとアーニャ、セルゲイとウラージ、それにオーリャが見える。ストライプのシャツの袖を高く捲り上げた年老いた管財人が見える。彼の二の腕には筋肉がない。きれいに磨いた靴を履いている。彼は格好よかった、初めて会った時は。あれからすぐに彼は亡くなった。

原子炉事故の七ヵ月後に私が取り上げた死産の赤ん坊が見える。その子どもを洗い清めることなく、タオルに包んで母親に渡した。母親はその子どもを古びた農家で産んだ、分娩設備のあるところではなく。だから私たちには時間があった。誰にも邪魔されなかった。父親は顔を背けて部屋を出ていった。母親はタオルの端を捲《めく》り返して、微笑んだ。その微笑みが何を意味しているのか、私にはわかった。彼女ももうすぐ出ていくが、別れの辛さを感じることはない。

赤毛のお下げ髪の小さな女の子は、あまりいい亡くなり方をしなかった。その女の子に何かあげたかったができなかった。家族全員が私と医者に縋りつくようにして、私たちにはどうにもならないことを要求し、些細なことで喧嘩をしていた。

私を追ってチェルノーヴィにやってきた、私が係わった死者たちだ。私が戻る前からここにいた死者も何十人かいる。それにその人たちのネコと犬とヤギも。この村の話は、二つの髪の房が一つのお下げ髪に編み込まれるように、私の話に結びつけられている。その道の一部分を、私たちはいっしょに歩んできた。いつもその死者たちに軽く頭を下げて挨拶するけれども、私の唇はほとんど動かない。

大通りを一人の男と一人の小さな女の子が歩いている。二人とも見たことがない。男はリュックサックを背負い、女の子は小さなスーツケースを引きずっている。女の子は赤いサンデーシューズを履いている。私は二人に他の死者と同じように挨拶する。その時二人がまだ亡くなっていないことに気づく。

私は立ち止まる、そして二人も。私たちは見つめ合う。映画関係者とカメラマンと生物学者、そして二、三年毎に姿を見せて、私たちの血圧を測定し、採血しようとする都会の看護婦を除くと、私たちのところには誰も来ない。

その看護婦が最後に来たのは七ヵ月前のことだった。彼女は放射線防護服ではなく、単なる白衣を着ているだけで、パウダーで不自然なほど白く塗った顔にはどぎつい色のルージュが塗ってあった。彼女は大通りに古いラーダ[注9]を停めて、装備一式が入ったスーツケースを引きずってきた。ペトロフは彼女の鼻先で、ドアをピシャッと閉めた。ズィドロフは会うのも話を聞くのもご免だというばかりの振る舞いだった。レノーチュカは彼女に優しく微笑みかけて、手も触れられたくないと言った。ただガブリロフ夫妻とマリヤだけがその哀れな女を独占して、彼女が肝臓を触診し、視力検査を終えるまでは帰さなかった。彼女は完全に疲れきって、私の家のドアをノックした。私は彼女を家の中に入れて、お茶を勧めた。忙《せわ》しなく動く彼女の視線とひどいパーマのかけ方に、私は四十年前の自分自身を見る思いだった。

　ここにやってくる者は、かつて学校があったところに面した小さな土地に連れていかれない限りは、たいていここにいる。この女の子はおそらく死の病に瀕している。

　私は百歳になっても、それを見て見ぬふりはできないだろう。私が注意深く見つめているので、女の子は泣き出しそうになる。私は自分の名前を言って、何か困っていることはないかと女の子に尋ねる。

　その男は名前を名乗ろうとしない。この辺りで見たことがある人たちとは違う。彼は都会の人間だが、マリュシから来たのではない。彼は首都から来たのだ。靴と皺一つない顔と話し方、男のすべてがここには馴染めないと叫び出す。私は簡単に同情されるような人間ではない。そして彼が同情のようなものを感じたとすれば、私は特に辛くなる。その女の子の名前はアグライアという。今どきの首都の小さな女の子たちは、大昔の女のような名前だとマリヤに聞かされたが、まったくその通りだ。

「アグライア、つまりグラーシャってことね」と私は言う。小さな女の子は微笑んで、父親と繋いでいた手を私に繋ぎ変える。それを別にすると女の子はそれほど特に人懐《なつ》こくは見えない。もしかするとその女の子を見て、私は誰かを思い出しているのかもしれない。

その女の子は健康そうに見える。ピンクの頬、カールした黒っぽい髪、目だけが悲しそうで、微笑みはぎこちない。

「あなたをテレビで見たことがあります」女の子の父親は、わざわざ私の関心を引く報告をしなければならないかのように言う。

この小さなグラーシャと手を繋いで、二人に見せたい家に連れていく。私はその家を使いたかったのだが、私一人には大きすぎる。でもここにいる二人には二部屋は必要だ。女の子とその父親が、一つしかない部屋をいっしょに使わなければならない状況は好ましくない。私たちが大通りの端に歩いていくのを、他の人たちの目が追いかける。

私が案内した家は青く塗られている。グラーシャの目が輝き始める。私の胸はとても穏やかになる。私は女の子の手を解こうとするが、女の子は私の手を離さない。

「ここには水道がありますか?」

女の子の父親を見つめながら答える。「どの家にも水道はありません。井戸水はこの通りの端の方にあります。中庭に井戸があるところもありますが、ここにはありません。電気は来ています。この家には暖をとったり料理をしたりできるストーブはあります。ただしわかりませんよ、いつまで……」

女の子を見つめる。でも口にするつもりはない。冬のチェルノーヴォは夏のようにはいかない、そしてそれまで二人でいられるかどうか。

「私にもわかりませんよ」と男は言う。

男は門を通って中に入る。女の子は私の手を離して、父親の後をついていく。女の子は庭じゅうを走り回る。イリーナもアレクセイも昔はここで遊んでいたことを思い出さずにはいられない。この家にはかつて年老いた女の人が暮らしていた。ババ・モーチャというその人は、村の子どもたちが庭のラズベリーをつまみ食いしても怒らなかった。赤い実だけでなく、黄色い実もあった。それを時々イリーナはもってきてくれた。注意深く手で包むように、そして潰れやすいラズベリーを傷めないようにして。ラズベリーはイリーナの手のひらの上で黄色く、そして普通のラズベリーよりもぴかぴかと輝いていた。ただしそれが特に甘いというわけではなかった。

グラーシャの父親は家の中に入っていき、内側から窓を開けようとする。引っ張ったり揺すったりしているに違いない。やがて彼の満ち足りた顔が窓台の上に現れるが、顔はまた見えなくなる。忙しなくガチャガチャと音がする。何かが落ちて、それから彼の上半身が窓台の上に、古い額縁の中の絵のように現れる。

「大丈夫です。でももっといいところはありませんか?」と男は言う。

この年でまだ人として驚くことがあるとすれば、私がもう歯を磨くことすらしなくなったことだろう。

「いいえ、これが一番いい家です。広さ、家具それに状態も」と私は言う。

私がかなり長い言葉を発することができることに、男は驚いているように見える。

「大丈夫です」と男はまた言う。「これはあなたの家ですか?」

「いいえ」ともう一度私は言う。「とにかくここに住んでいただいても構いません」

「誰かがやってきて、家賃を今に遡って請求しようとしたら?」

男が不信感を抱いていることに、私は気分を害するわけではない。原子炉事故のことに関しては、誰も信用してはならない。最近になって初めてここでスキャンダルがあった。他の場所に引っ越していった、放射能汚染された村々の住人が、彼らの家の補償を約束してもらった。そして彼らの住む家が赤の広場の近くに建てられたとしたら、そのものは価値がなくなってしまうと主張した。当局はそれをはっきりと認めて、それに関する補償額を考慮してくれた。そんなことやそれに似たことをマリヤは話す。その時私は、自分の家も書類上はまだ自分のものだということにほっとする。その上、私には疚《やま》しいところはない。この年ではそれがますます大切になる。

「とにかく誰も来ませんから。ところであなたたちはどうやってここに来たんですか?」

「車に乗せてきてもらったんです。でもこの村の中までというわけではありません。運転手さんが怖がっていたので」

私は頷く。女の子はその間に庭で二つ、三つブルーベリーを見つけて口の中に放り込んだ。

男は女の子を窓から見張っている。「ブルーベリーも放射能汚染されているんですか?」

「わからないんですか、自分が今どこにいるのか?」

「いいえ、いいえ。それに私がブルーベリーの放射能汚染のことを知っているかなんて。ばかな質問はしないでください、ババ・ドゥンヤ」と彼は言う。

私は家に戻るべきだったが、なぜか引き止められる。無理をしてでも、私は文字通り歩を進めなくてはならない。

「最後にもう一つ質問させてください」と男は背後から私に叫ぶ。「この近くではどこで食べ物が買えますか?」

私は振り向く。飢え死には比較的ましな方だが、死が人にどのように訪れるのかを決めるのは、私の力の及ぶところではないと思っている。

男は答えを待っている。男は待つことに慣れていない。皺一つない顔がぴくぴくと忙しなく動く。

「マリュシに行くか、野菜畑を耕して備蓄するか。隣近所に分けてもらえるかもしれません。わかりました?」

そして私はようやく家に向かって歩く。

＊

人は結局いつもやりたいことしかやらないということを、私は仕事から学んだ。人は助言を求めるが、そもそも他人の意見を必要としていない。どんな言葉も篩《ふるい》にかけて、気に入ったものだけを選び出す。他は無視する。はっきりと言葉でお願いされなければ助言を授けてはならないということを私は学んだ。その上質問をしてはならないということも。

暗くなるのを待つ。キュウリとトマトに水をやるのだ。ミツバチがズッキーニの黄色い花の周りをブンブンと音を立て飛び回る。魅入られたようにそれを見つめる。原子炉事故以来、ずっとミツバチを見ていない。生き物はみんな原子炉事故に対処してきた。ミツバチはいなくなった。私はトマトに小さな刷毛で受粉させた。一匹のミツバチが萼《がく》の中を這い回っている。これはもしかすると、まさにペトロフが望んでいたいい知らせなのかもしれない。もしももっと若かったら、これを見て叫び出していただろう。これをイリーナへの手紙に書き留めることにする。そしてラウラにも。

後で摘み立てのラズベリーの葉でお茶を沸かす。コンロから目を逸らすと、イェゴールがそこにいる。彼にお茶を勧めることができないのが残念でならない。二人でお茶を飲むのは、一人で飲むよりいい。この年になって一人でいるよりもいっしょの方がいいのは、もしかするとお茶を飲むことだけかもしれない。私は昔、彼の前にお決まりのようにティーカップを置いていた。私にお茶を淹れてもらうのを喜んでいないとわかるまでのことだった。

イェゴールは黒っぽい目で私を見つめる。私は気まずくなる。彼が亡くなってから私は年を重ねた。今では彼は私の息子くらいかもしれない。だから私を裸にするようなそんな目つきで見ないでほしい。

そのうち私はいたたまれなくなる。「何をそんなにじろじろ見ているの？」

イェゴールは後ろにもたれかかる。「お前を眺めていたいだけだ」

「あなたはそもそもロシア語以外に何かできるの？」

「スルジクなら」

「それは言語じゃないでしょう。方言じゃないの。学校で何も習わなかったの？」

「俺たちは学校で外国語を習わなかった」イェゴールは落ち着き払って言い、私を舐めるようにじっと見ている。きっと彼は私の袖の中のラウラの手紙も見ている。ありがたいことに、それについて彼は何も言わない。

「新しく来た人たちを見た？」

イェゴールは眉を上げる。「あいつはどうしようもないやつだ」と言う。

私は異を唱えない。いい人間と悪い人間がいるということを信じていないにもかかわらず。例えば私がどちらのタイプの人間に属しているのか、自分ではまったくわからない。私は若い頃、いい人であるようにかなり努力していたので、他の人にとっては危険な人物になってしまった。例えばきちんとした勤勉な市民になるように、自分の子どもたちにとても厳しく接した。今では子どもたちを甘やかしたことがなかったのを後悔することもある。でも甘やかすことは私たちの時代にはよくないとされていた。甘やかされて育った役立たずの人間になるだけだと言われていた。自分の子どもたちにはそうならないでほしかった。たとえ胸が引き裂かれようとも、特にアレクセイには厳しく接した。

「あの女の子は死ぬことになる」とイェゴールは言う。

ティーカップから目を上げる。もちろんあの女の子は死ぬ。私たちはみんな死ぬ。遅かれ早かれ、ここに引っ越してくる子どもはみんな長くはない。子どもたちはか弱く、病気や環境に影響されやすい。マリヤや私のように粘り強くてタフな年寄りはいる。私たちは放射線などには負けたりしない。

「あいつは自分の娘を自分自身の手で殺す」イェゴールは意味ありげに窓の外を見る。

「娘の病気にあの男は何ができるというの?」イェゴールが私よりも賢いと思っているとしたら、死んだイェゴール自身のその態度が気に障る。

「あいつは何かするかもしれない。自分で娘を連れてきたんだから」

その時私は、男が何をしようとしているのか気づく。ずっとそんな気がしていた。「あの子は病気じゃないってこと?」

以前の彼ならば床に唾を吐いていただろう。今はただ肩を竦めている。「まだ病気になっていない。でもいつ病気になってもおかしくない」

「でもどうして父親なのにそんなことをするのよ？」

「父親たちだ」今度は唾を吐く。「お前だって父親たちのことは何でも知っているだろう。俺はどんな父親だった？」

今ここで神妙に黙っているのが私の努めだ。いつも酔っぱらっている夫に煩《わずら》わされることなく、子どもたちを一人でどうにか養っていけたら、私が知っているたいていの女たちはどんなに楽だったことだろう。

でもそれがいいとは思わない。私は心の奥深くで、人間というものは二人でいなくてはならないと思っている。少なくともやるべきことがあるのなら。家族は二人のためにある。イェゴールが生きている時は、確かに彼がいないととても寂しかった。私の言うことはいつも聞いてもらえなかった。しかし彼は今ここにいる。でもそれでは遅すぎる。

「何か知っているのね」と私は言う。

「あいつの奥さんが家を出ていったんだ。あいつは奥さんにはっきりと見せつけてやるつもりだ」

何度も自分の年を忘れる。関節が軋む音に、朝起きる時の重力に、引っ掻き傷だらけの鏡に映った見知らぬ、皺だらけの顔に驚く。でも今、大通りを歩いている、それどころか走っているこの時、私はまたふわふわしている。ただし死後の世界はおそらくもっと軽く感じるのかもしれない。私は門をさっと開けて、急いで庭を通り抜け、青く塗られた家の壁を拳で叩く。

いくらもしないうちに男がジーンズとスニーカーでドア枠に立つ。外国語がプリントしてあるTシャツが、肩ではち切れそうになっている。

「何か用でも?」男は私に驚いて後退《あとずさ》る。男がドアを閉める前に、私は足をドアの間に挟む。

「あなたは健康な子どもをここに連れてきたの?」

トレッキングサンダルを履いた私の足を、男はスニーカーでドアの外に押し出そうとする。二匹のイノシシが交尾をしているかのように、私たちは息を弾ませる。

「完全に理性を失ってしまったの?」そう言ったのは私だ。

「あんた自身の理性はどうなっているんだ」

「あなたの奥さんはあなたを捨てて出ていった。その代わりにあの小さな女の子に何ができるっていうの?」

「バカなことを言うな」男は私の足を蹴る。もう少しで倒れそうになるほど、私は後ろによろめく。イェゴールは私の後ろに立っているが、私を支えることができない。

「あの子は今すぐここから出ていかなければならないのよ！」私はそれほどたくさんの言葉を叫ぶことができなかった。「あの子は健康なのよ！」

「誰が健康だって？」

男は家の前に出てきて、私にぴったりと近づく。私は男にしつこく言い聞かせる。あなたの小さな娘がどれだけ可愛いか、あなたが娘を連れてどこか他のところに行った方がいいと、あなたは列車に身を投げることができるかもしれないが、あなたがここを去って家に連れて帰るべき子どもはどうなるのかと。男はしかめっ面になる。男は私を軽く突つく。私はよろけて、男のTシャツをしっかり摑む。男は私の腕を殴る。乾いた音とともに布地が破ける。もしかするとこれは私の体の音かもしれない。男の拳が私の肋骨に命中する。痛い、でも私は痛みを恐れない。私が怖いのは誰も助けてくれないことだけだ。それでも私は大切なことは言わなければならない。

「いったいあんたは何を知っているというんだ？」男は息を弾ませながら、荒々しく私の肩を突つく。今度は本当に倒れる。私は地面に仰向けになる。私たちの上には北斗七星が輝いている。今夜は雲一つない。男は力任せに私の脇腹を蹴る。男の顔が引きつる。男の手が私の首を絞める。自分がぜいぜい喘ぐ音が聞こえる。二人ともかなり静かだということは、即ち、もしも二人のうちの一方が今もう一方を殺すと、そういうことになる。

イェゴールが男の後ろに立って泣いている。

その時のことを最初は理解できない。思いもよらずバキッという乾いた音がする。名前を名乗らなかった男は立ち上がってふらつく。一瞬男はねじ曲がった不自然な姿勢で立つが、また地面に倒れる、しかも私の横すれすれのところに。

まったく自分の意志に反して、私は突然悲しみに泣き出す。逞《たくま》しい男がとにかくこんな風に倒れたら、それは驚くしかない。しかし大切なのはまず自分自身が立ち上がることだ。私は左に転がり、腹這いになる。そして両手をついて、膝立ちになる。それからひっくり返っている男に這い寄る。

「ねぇ、どうしたの、ねぇ？」

男の顔が血の海に浸《つ》かっている。頭に小さな斧が刺さっている。イェゴールの方を見ると、彼は両手を上げて何か言いたそうにしている。わかるだろう、俺は何ももってないと。私は呻きながら、膝から落ちる。私の視線はゆっくりと闇の中を彷徨う。その中から輪郭が浮かび上がる。

「ペトロフ。ペトロフ、何なのよ」と私は言う。

ペトロフの顔に狼狽《うろた》えた微笑みが揺らめく。彼の視線は虚ろだ。もしかすると今、夢遊病で彷徨っているのかもしれない。その時彼は全身を震わせながら、私を引っ張って、立ち上がらせようとするが、結果的に私にさらなる苦痛を与える。

「どうしてこいつと殴り合ったりしたんだ、ババ・ドゥンヤ?」

「この人にここにいてほしくなかっただけよ」

「こいつが何か変なことをしたのか? あんたを侮辱したとか?」

「わかるでしょ」私は立ち上がる。ペトロフは私の前に膝立ちになって、スカートの裾の汚れを払い落とす。

「本当にごめんなさいね、あなたの素敵な夜を台無しにしてしまって。でも私はこの人を殺してしまったような気がするのよ」

私がこれまでにかなり多くの傷口を見てきたのは、彼をここで言いくるめるためだった。

「問題はいたって単純だ」とペトロフが言う。「さぁ、こいつをどうしようか?」

「今問題なのは」と言ってから一呼吸毎に刺すような痛みがして、私は肋骨を押さえる。

「この人のことじゃないわ」

*

女の子はベッドの中にいて暗闇の中に瞬きをする。私たちの汚れた顔は女の子に恐ろしいまでの不安を抱かせるに違いない。でも女の子は健気《けなげ》にじっとしている。女の子は泣くこともなく、はほとんど瞬きもせずに私を見つめる。この女の子を見ると、確かに私には思い浮かぶ人がいる。

「さぁ私といっしょに行くのよ、グラーシャ」と言って、心痛を気づかれないようにする。

「たった今、あなたのパパは出かけていったのよ」

女の子は父親のことを尋ねない。これはいい兆候だ。本当はよくないが、私たちにとってこの瞬間はいい兆候だ。女の子はベッドから這い出す。赤い水玉模様のパジャマを着て、きちんとしている。小さなスーツケースは床の上に開いたままになっていて、枕の上には尻尾の長い動物のぬいぐるみが座っている。

「明日の朝早くに家に帰るのよ」と私は言う。本当なら今夜の方がよかったが、私には魔法が使えない。

女の子の手を取る。この暗闇の中でこんもりと盛り上がった土のように縦長に横たわる父親の遺体のそばを通り過ぎたことに、女の子は気がつかない。今夜はこの女の子を私のところに連れていく。

女の子の小さなスーツケースを運びながら、ペトロフはずっと私に言い聞かせる。彼の言うことを聞いて、放射線が毛穴からこの子どもの皮膚の下に浸透すると信じてしまい、私は気がおかしくなる。それは私自身の痛みさえも忘れさせる。

「アルミホイルよ」私は大声で言う。「今この子を助けられるのは、アルミホイルしかないわ」

「この村で誰がそんなものをもっている？」

「私。私がもっている」

実際に私のところに少しある。イリーナ、ありがとう。娘は私に色々なキッチン用品を送ってきた。最近できたドイツ製の便利なものだ。オーブンプレートに油をひかずに、ケーキを焼くことができるクッキングシート。小さなケーキを作るためのシリコーンゴムの型。以前私は缶詰の缶をよく洗って型として使っていた。そしてハチの巣の模様の、しっかりとしたアルミホイル。

「グラーシャ、かなり驚くかもしれないけど」と私は言う。

女の子は大人のような精神力をもっているに違いない。ほとんど驚かない。この村の何が特別なのか知っているかと尋ねる。女の子は首を振る。もしかするとその方がいいのかもしれない。赤く燃えているものに触っていると錯覚しているだけで、火傷をする人を見たことがある。私がこの女の子に放射能汚染のことを話せば、女の子は翌月まで生きていられないかもしれない。

「お遊びのようなものだからね」と私は言う。「まったくばかげていると思うかもしれないけど、その代わりにあなたは元気で大きくなって、優しい男の人と結婚して、五人の子どもを授かることになるかもしれないのよ」

女の子は笑う。私の話を女の子が変だと思っているのは間違いない。私は包みからアルミホイルを取り出す。ペトロフが手伝う。グラーシャのスーツケースの中にはもう一足のストッキングと長袖のシャツがある。それを身に着ければ、アルミホイルの鎧で女の子の柔らかい皮膚に引っ掻き傷はできない。女の子は自ら両腕と両脚を私の方に伸ばす。その上に私たちは銀色のアルミホイルを巻きつける。グラーシャはくすくす笑う。ありがたいことに、この女の子には好感がもてる。泣きもしないし、逆らいもしない。私の家庭用救急箱の中のヨードのタブレットさえも、女の子は文句も言わずに飲み下す。もしもいつもこんなに素直だとしたら、この女の子のことが不安になることもあるに違いない。

アルミホイルに巻かれて何度も寝返りをうった後で、女の子は不平も言わずに私のベッドの中で眠り込む。私は眠らずに、女の子の横でただぼんやりと浅い息をしている。その程度なら肋骨の痛みはそれほど感じない。イリーナとアレクセイがまだ小さくて、今よりも大きかった私の体に寄り添うようにしていた頃、私は二人の子どもたちの横で同じようにして眠った。二人は柔らかくて温かい私がとても好きだった。イェゴールもそうだった。

この小さな女の子は私のベッドの中で小鳥のようにかすかな息をしている。ペトロフはまた自分の庭のハンモックで揺れている。そしてイェゴールは誰もいない庭を幽霊のように彷徨いながら、私を連れて帰れないことを嘆いて涙する。

＊

恥ずかしいが、嘘をつくわけにはいかない。こともあろうに私はこの朝寝過ごしてしまう。目を開けると隣のベッドには誰もいない。慌てて飛び上がろうものなら、私はこの週の残りを四つん這いで這いずり回らなければならない。でも私はもう這いずり回るには年をとりすぎている。ゴロゴロと音がしてその方を向く。引き出しの中で見つけたに違いない古いボタンを、グラーシャは床板の上で転がしている。ベッドの前のマットでボタンに急ブレーキがかかる。アルミホイルはぼろぼろになって、グラーシャの体に纏わりついている。

すぐにベッドから飛び出そうとする。一瞬で激痛にベッドに引き戻されるが、呻き声は抑える。

「アルミホイルに気をつけなくちゃだめでしょう、ねぇ」

「だめになっちゃった」

「わかっているわよ。また新しいのを作ってやるわね」喉が酷使されていると感じられるほどの惨めな咳をせざるを得ない。

新しいアルミホイルを女の子に巻きつけた時、誰かがドアをノックする。首を絞められた跡を見られないように首に布切れをさっと巻きつけてからドアを開ける。ガブリロフ夫妻が立っていて、二人とも同じ表情をしている。夫の表情は、まるで私が夫妻の庭の門の前にクソを垂れたと言っているかのようだ。

「ババ・ドゥンヤ」とガブリロワ夫人が言う。その間に夫は夫人をちらっと見てから、居間をじっと見つめている。「あれを最初に見たのはあなたじゃないかと思うんですけど」

グラーシャを後ろに押しやる。特にグラーシャには話を聞かれないように、とっさにそうする。

「新しく来た人が頭を割られて庭に倒れているんですけど」ガブリロワ夫人はこれでもかと言わんばかりに詳しく説明する。

「あたしのパパ?」驚きながらも洞察力鋭く、グラーシャが私の背中から尋ねる。

「いいえ、他の人よ」私は無意識のうちに答える。

「じゃあパパはどこにいるの?」

「パパは突然旅に出たの、わかる?」

グラーシャは私の言葉を信じる。いずれにしてもグラーシャはもう何も聞かずに、膝立ちになって一面に散らばったボタンを拾い集め始める。

「それで私に今どうしろとおっしゃりたいんですか、リディア・イリーニチュナ?」私たちでも特別な状況ではファーストネームと父方の名前で呼び合うことがある。私たちはそれほど親しい関係ではない。

「あの上にはもうハエがたかっている」ガブリロフ氏は私を非難がましく見つめる。

十分もしないうちに夫妻は私のベッドに腰かけて、背中を丸めながら、イリーナがドイツから送ってくれたアフリカンコーヒーを飲んでいる。ガブリロフ夫妻は私より少なくとも二十歳は若い。それにもかかわらず二人の見解では、庭の男の遺体は夫妻よりも私との関係が大きいと言う。ガブリロフ氏が恐る恐る話し始めるまでに、二人は話の筋の確認にかなりの時間を要する。

「あなたはここではある意味、村長のようなものなのじゃありませんか」

「そんな風に言われたことは一度もありません」

「あなたにはやるべきことがたくさんあるのはわかっています、ババ・ドゥンヤ。でもあれはとにかく衛生的ではありません」

十分後には私の家は黒山の人だかりとなり、私はグラーシャを外で遊ばせる。できればグラーシャについていきたかったが、みんなが私にしつこく話しかける。レノーチュカでさえここにいる。気がつくと死者たちが立っていて、今ここで生きている者たちが自分たちの足を踏んでいると、嫌悪感に顔を歪める。新たな住人が頭に斧が刺さった状態で庭に倒れていると、みんなが私に伝えようとする。私を見つめる目が、私に死体を魔法で消し去ってほしいと訴える。ハエもいっしょに。そしてこの混乱を収めてほしいと訴えかける。

私自身は今では頭までかなり痛くなって、自分の額にも斧が刺さっているかのような気がする。ここチェルノーヴォでは、私たちは普段から互いに干渉しないようにしている。たまには他の家を訪問することもあるが、一度に全員が集まるということは初めてのことだ。自分の問題は自分で解決して、他人を煩わせないという暗黙の合意がある。例えばラウラの手紙をもった手を振りながら、「ここに何て書いてあるか、誰か教えてくれない？誰かドイツ語と英語の違いがわかる人はいない？」などと叫んだりはしない。

しかし今は共通の問題がある。しかもそこにはハエがたかっている。

いつの間にかペトロフもいる。みんなが彼に席を空ける。彼が間違いなく死に一番近いということで、みんな彼に敬意を表す。彼はこの雑踏を予期していなかったからか、威嚇するように周囲を見回す。彼の顔にも、今どうなっているのか教えてほしいと書かれている。私はため息をつく。肋骨の痛みはますますひどくなるが、それに気づく者は誰もいない。できるだけ目立たないように、私は肋骨を手で押さえる。

「ペトロフ、庭に誰かが転がっているなんて、あなたまで言い出すんじゃないでしょうね」と私は大声で言う。

ペトロフはぱっと口を噤《つぐ》み、私の顔を読む。

他のみんなと同じように、少しは盛り上がりなさいよと私は彼に目で言おうとする。私はあなたを裏切らないわよ。他の人たちはあれがあなたのせいだとは思ってないわよと目で話しかける。

がぁがぁとおしゃべりは熱気を帯びる。

「救急車を呼ぶ必要があるんじゃないか！」

「いや、霊柩車だ」ペトロフはおずおずと訂正する。

「我々はマリユシに行かなければならない」

「そこで何をするんだ。やつらはみんな堕落した飲んだくれだぞ」

「私にはそんな遠くまでついていけないわ」

「ここでまだ一番脚が丈夫なのは誰だ？」

「俺自身はもう死んだのも同然だ」

「私はもう五年前から肺に水が溜まっているのよ」

「俺は三歩歩くと、くたびれて心臓が笑い出す」

こともあろうにバラ色の生活を送っているガブリロフ夫妻の二人が最も病気が重いと感じている。私が一番体調がいいと思われていることが明らかになる。

「みんな図々しいったらありゃしない、片脚を棺桶に突っ込んでいる年老いた女に、マリュシに行けというの？　良心の欠片もないの？　私はマリュシに行ってきたばかりなのよ、それなのにまただなんてごめんだわ」

「わかった、ババ・ドゥンヤ」この声はペトロフだ。「俺が行く。あんたは真っ青だ。みんな、出ていってくれ、ババ・ドゥンヤを寝かせてやろう」

ガブリロフ夫妻は、実際には私のベッドから立ち上がろうとするが、二人とも後ろに倒れる。私はペトロフの透き通った顔を見る。彼は今日きっと何も食べていない。そして昨日もほとんど何も。彼の両目が輝いて、頭の上の残り少ない髪の毛が山のように逆立つ。ペトロフが遠くに行けると思う准看護婦がいるはずがない。

実際には私が行かなければならないと腹をくくる。グラーシャを連れていくつもりだ。ゆっくりと歩きながら静かに呼吸をすれば、もしかするとマリュシに行くことができるかもしれない。もう少しだけ体力を回復する必要がある、少なくともあと十五分。ところが私がそう口にする前に、ズィドロフのしわがれた声が私の家じゅうを震わす。

「警察に電話をするという手もあるぞ」

彼は本当にそう言った。警察に電話をする手があると。

困惑が広がる。

「ETが自分の家に電話するように、もしかするとあんたなら電話ができるかもしれないけど、俺たち地球の人間には、生きている電話線が必要なんだ」

この声はペトロフだ。私はここに集まった人たちの顔を読む。そこには、ペトロフまでがわかりにくい表現を使っていると書いてある。その言葉を彼がどの腐りかけの本で読んだのかなど、誰が知っていようか。

「俺はお前らを助けてやろうとしているだけだ、お前らまぬけたちを」侮辱されたズィドロフの声が大きくなる。「まだそんなに経ってない。でもそのうちやつの臭いは天まで届く」

全員が頷く。ズィドロフが興奮するのを誰も望まない。

「音質は**これ以上ない！**」

「ありがとう、ズィドロフ」と私は言う。「じゃあまた後で」

彼はバタンと勢いよくドアを閉めると、私の小さな家全体が震動する。いつの間にかスグリの実のウォッカの残りが見つけられてしまう。薬として保管しておいたというのに。私のところに回ってきた時には、ボトルは空に等しい。グラスはないかと辺りを見回した後で、とにかく私は残りを直接口に振り落とす。

ドアが突然開いて、戸口にアルミホイルを身に纏ったグラーシャが現れる。

「ママに電話をしたの」私を見つけて、グラーシャは大きな声で言う。

きまり悪さに、私は空のボトルを背中の後ろに隠す。

「俺はあんたらに言ったはずだ」風の中の葦《あし》のように、ズィドロフがグラーシャの後ろでゆらゆら揺れている。グラーシャは顔一面を輝かせている。

「ママに電話したの。電話番号を知っていたから」

「あなたは可愛くて賢い私の宝物なのよ」と私は言う。「ズィドロフ、正直に言うわよ。あんたがいなくなっても、きっと吐き気が収まらないわ。すぐに出ていって。それからこの子に変なことを教えないでよ」

「ママが迎えに来てくれるって、警察といっしょに」とグラーシャは言う。

*

彼らが私たちの村の最後の住人なのかもしれない、これからの何時間かの間にそんな気になる。ガブリロフ夫妻は死体を防護シートで覆い隠した。二人がみんなのために何かをしたためしはなかった。夫妻は中庭に高価なものと役に立つものを収納している思っていたが、そんなものまであるとはまったく知らなかった。他の者たちは自分の家の中や、中庭に散っていった。私はグラーシャとマリヤと三人きりでいる。この二人が私のベッドの大部分を占領している。私は椅子に腰を下ろして、肋骨が少しでも痛くならない姿勢を模索する。

「アルミホイルは何の役にも立たないと思うんだけど」とマリヤが言う。

「しぃーっ」私は唇に人差し指を当てる。「とても役に立つの」

「そもそも誰があんなことをしたのか知ってるの?」マリヤが疑問を口にする。

この小さい女の子が横で耳をそばだてている限りは、マリヤが考えるままに何から何までしつこく話す危険を回避しなければならない。マリヤにわかるように、もう一度私はしぃーっと言う。

「あれはガブリロフじゃないかと思うの」とマリヤは言う。彼女は私の意図するところをわかろうとしない。

「そんなばかな。あなたの舌のできものみたいな下らないことは言わないでよ。それなら動機はいったい何なの？」

「何か盗まれるのを恐れていたのかも」

「あなたはかなり長いこと外にいたわよね、マリヤ」

「もしかするとあれはあんただった。あいつを殺《や》ったのはあんたじゃないの？」

驚きのあまり、私はとっさに立ち上がる。ところが眩暈《めまい》がして、あやうく倒れそうになる。マリヤはそれに気づかない。彼女はイリーナが私に送ってくれたガラス製の爪やすりをかけている。

「どうして私がそんなことをしたなんて言うのよ、マリヤ」

「あいつが悪人だからよ」

「私には誰も殺せない、悪人だからといって」

「もちろんそんなことできるわけないわよ」マリヤは欠伸《あくび》をする。「そんなに興奮しなさんな、ばらしたりしないから」

「あたしもしないわ」とグラーシャが言う。

あと十歳若かったら、私は今ここで怯《おび》えきっていただろう。でも私はとにかく疲れている。みんながまた自分の家に身を隠して、邪魔されることなくベンチに座れるのを待つ。冬が待ち遠しい。誰もが家の中に閉じこもり、風が雪を窓ガラスに吹きつける。それどころかグラーシャがもうここにいなくなってしまう時を、私は少し楽しみにしている。グラーシャはいつもお腹をすかせているが、私はこの子に庭でとれた野菜を食べさせない。グラズィドロフにもらったロングライフ牛乳で、グラーシャにキビがゆを作る。グラーシャの食欲がわくように、家にある最後の砂糖をかき混ぜる。

「ママはもうすぐ来るわよ」

「ママは走ってくる」グラーシャは私の腰に抱きついて、スカートの襞《ひだ》の中に低くて上向きの小さな鼻を埋《うず》める。「ママは電話で泣いていたの」

「本当にママの声だったの？　あの壊れた電話で？」

「壊れてなんかいなかったよ。ただものすごくざぁざぁ音がしてたけど」

私はベンチに腰を下ろして待つ。他の人たちは家に戻っているが、鼻先は窓ガラスにはりついて、目が垣根の隙間から覗いている。ペトロフだけはハンモックで揺れている。世の中が崩壊しても、彼に危害が及ぶことはあり得ないかのように。心配する必要はないと、彼に言ってやりたかった。誰も彼を苦しめたりはしないと。

*

遠くから音が聞こえてくる。すぐにそれが複数の車だということがわかる。間もなく三台の車が見えてくる。先頭は車高のある黒塗りの車で、大きなタイヤがついている。その後ろには警察の二台の車が続く。車は大通りに砂埃を舞い上げて停まる。

グラーシャは平然とかゆの皿をきれいに舐める。最初に黒塗りの車の運転席側のドアが開く。まるで男が降りてくるような感じで、男のようなズボンを穿いたハイヒールの女が降りてきた。その女の髪の毛は頭にぴたりとはりついていて、マスカラは滲《にじ》んでいる。

「あの子はどこにいるの?」その女は胸が張り裂けるほどに叫ぶ。「どこに隠しているのよ? このハゲタカッ」

「グラーシャ、あの女は狂っている、見ちゃだめ」と私は囁《ささや》く

「ママだ」グラーシャは皿をきちんとベンチに置いて、走り出す。女は跪《ひざまず》く。両腕を広げ、

銃で撃たれたかのように泣く。アルミホイルがはためく。女の子は女の首にぶら下がる。その時私の目に涙がたまる。

「何をされたの？」グラーシャのママはアルミホイルを剝がし始める。

「だめぇぇぇっ」グラーシャは金切り声を上げる。その声が私の体じゅうに響き渡る。

「とっちゃだめっ。そんなことをしたらあたしは倒れて死んじゃう」

あらゆるものが混じり合う。空気が揺らめく。敵の攻撃から護らなければならないかのように、警察官たちが母子の周りを取り囲む。女が何か叫んでいるが、よく聞きとれない。その時女は車のトランクから防護服を引っ張り出して、グラーシャにそれを無理やり着させようとする。防護服を信じているのなら、なぜ自分自身は身に着けていないのだろうか。その間に女が叫ぶ。「ゲールマン、ゲールマン、こんなので大丈夫だと思っているの？」

ゲールマンは女の飼い犬ではなく、ガブリロフ夫妻の防護シートの下に横たわっている男のことだと私は理解する。その男の上にはハエがたかっている。

私は立ち上がる。口から嘆き声が漏れ出す。肋骨がまた何か言おうとしているのだ。かなりゆっくりとだが、私は集団に近づいていく。警察官たちが私を見つめる。女はグラーシャを抱きしめる。グラーシャは振り向き、顔を輝かせて私を見る。

「さぁ、行きなさい、娘さん」私はズボンの女に言う。「その子を安全なところに連れてって」

狂気が女の目から消え去り、他の女たちと同じように、普通に話ができることがわかる。「今おっしゃったことは」私の顔にあらゆる質問に対する答えが書いてあると思っているかのように、女は私の顔を覗き見る。「今おっしゃったことは、まだ遅くはないということですか?」

「その通りです」私は嘘をつく。なぜ女はこともあろうに私にそんなことを尋ねるのだろうか?

「あなたはひょっとして、ババ・ドゥンヤではありませんか?」

私は頷く。女は少女のように息を弾ませる。顔の涙を拭いて、バッグから小さなものを引っ張り出す。「よろしいでしょうか?」女は私が何も答えないうちに、頬を私の頬に押しつけて、携帯電話で写真を撮る。それからグラーシャの手を取って、車の方に歩いていく。

あの訴えはどうなっているんだと、警察官は大声で叫ぶ。もう解決したと女は手を振る。女は夫のことには触れない。夫に会いたいと言えば、私には大問題となるだろう。でも女は子どもを取り戻して、とにかく去っていこうとしている。それを私は歓迎するよりないのかもしれない。グラーシャはリアシートに座ってシートベルトを締め、足の疲れから木に寄りかかっている私を眺めている。私はグラーシャの微笑みに応えようとする。

「その女の人はもういいですよね、皆さん」と私は小声で言う。「でもあなた方です、あなた方は残っていただけませんか」


後になってようやく私は、何と大きな間違いを犯してしまったのかと気がついた。防護シートの下の男のことを自分たちで解決しておかなければならなかったのだ。病人や体がまともに動かない十二人の者たちでも、力を合わせれば難なく遺体を始末できる。

それにもかかわらず市民としての義務を果たすために、私は警察官たちを庭に連れていく。彼らが防護シートの端を少しもち上げて中を覗いている間、その横に立っている。彼らの顔に運の悪さが見える。私がこんなことで煩わせることがなかったら、彼らはむしろ助かっただろう。何も見ていないと私と取引するには、彼らの人数はあまりにも多すぎる。

「あの女の子の母親はいったい何をしている人なんですか?」彼らの中で一番若い男に、私は小声で尋ねる、鼻の下の薄い髭をつまんでは引っ張っている弱々しい男に。

「それはあなたが知る必要のないことです」彼も同じように小声で言う。「でも私を信じてください。あの人が悲しむようなことはないでしょう」

それは私にもはっきりとわかる。悲しそうな顔つきで今ぼんやり立っているのは警察官たちだ。その一人が写真を撮っている。他の一人は凍えているかのように両腕を自分に巻きつけている。三人目は携帯電話を振っている。

「ここは電波が届いていません。電話をしなければならないのですが、どこからあの母親に電話したんでしょうか？」

私は警察官たちをズィドロフの家に連れていく。彼らはノックもせずに中に入る。ズィドロフの許嫁《いいなずけ》であったとしても、私ならそんなことはしない。ズィドロフはまったく気にしていない。アラブの首長のように、彼は擦り切れたオットマン[注10]の上で鼾《いびき》をかいている。

床に最初はオレンジ色だったと思われるプラスチックの電話があり、そこからケーブルがコンセントに続いている。一番若い警察官が電話機をもち上げて、受話器をとる。それを耳に当てる。そしてそれを次の警察官に手渡す。おそらく彼の上司に。その上司と思われる男は憤慨して、私を見つめる。

「私をからかっているんですか、おばあちゃん？」

彼は激怒している。そして私に向かって今にも手を振り上げようとするかのように、私を見つめる。しかし彼はじっと我慢している。もしかすると今日の警察官たちは昔と違うのか、または自分の家にも年老いた母親がいるのかもしれない。一番若い警察官はとり憑《つ》かれたようにダイヤルを回している。

「あなた方がこの死体をもっていってくれたら、どんなにありがたいか、ねぇ署長さん。外は温度が高いので、虫がすぐに湧いてしまいます。ここで病気が発生してほしくはありません」

「ここはまるでサナトリウムだ。霊柩車なんてないんだよ、ばあさん。あぁ、そんなことを気にしてくれるとは。俺たちはもうマリュシに戻る」彼は微笑む。「俺たちの仲間がやってくるのを待っているんだな」

その微笑みが私をある時代に後戻りさせる。その時私の心臓の鼓動が毎分百回よりも少ないのは稀《まれ》なことだった。私は冷血人間ではない。そんなことは一度たりともなかった。基本的に私はいつも、世間に後れを取らないようにしていた。この瞬間と同じようにその時々で自分が年老いていることと、過去を振り返る必要がないということを忘れてしまう。

ようやく三十歳になって、何でも自分でやらなければならなかった時のことだ。毎朝五時に起きて、牛の乳を搾り、チキンスープを火にかける。それからかゆを火にかけて、両方とも毛皮のコートの中で保温しておく。鶏小屋の卵を取ってきて、いくつかは昼休みのために固茹《ゆ》でにする。イリーナを起こそうとすると、欠伸をしてぐずぐず言う。息子のアレクセイはすぐに起きて、子ウサギのようにぴょんぴょん飛び跳ねるので、捕まえるのに骨が折れる。子どもたちの前にかゆの皿を置いて、残さず食べるように二人から目を離さない。二人のランドセルをチェックしない。そうする時間がない。小銭を数えて、昼食用にもたせてやる。そして後でチキンスープを温め直して二人で食べるようにと、イリーナに言い聞かす。二人が通りを下って学校に行くのを見送るための時間は一秒もない。

固茹でにした玉子を二つナプキンに包んで、バッグにきちんと入れる。バス停に走るが、その時に片方のハイヒールが折れる。すぐにもう一方の靴を脱いで、そのヒールも迷わず折る。マリユシ行きの小さなバスの中では立っていなければならない。汚れた腋の下が私の視線を遮るが、私は医療の職についていて、一日の流れの中ではもっとひどい臭いに直面することになる。町の救急病院に到着すると白衣を着る。その時から私はマシーンになる。マシーンは傷口に包帯をして、棘を引き抜き、骨折した脚に添え木を当てる。嘔吐している子どもを介抱し、妊婦のお腹を巻き尺で測る。子どもは双子に違いないと医者は主張するが、私は医者と論争になる。医者の見立てが間違いで、その子どもが五キロの男の子だということが、私にはわかっている。

昼休みに茹で玉子を一切れのパンといっしょに食べ、クワス[注11]を飲む。ビニール袋に入れて街頭販売しているクワスを、医者が買ってきてくれた。私はイリーナとアレクセイのことを考える。二人は今日すべてきちんとやり終えただろうかと考える。家に電話がないので、二人に電話をすることができない。私たちは電話線を引いてもらうためのウェイティングリストに登録されているが、今後五年間はその予定はない。それでも子どもたちは職場にいる私にどうすれば連絡できるか知っている。だから職場で電話が鳴るといつもびくっとしてしまう。電話はズィドロフの家のものにそっくりだった。そのようなものでも自宅に置くためには、私は指を一本手放しても構わなかっただろう。

トイレで手を洗い、口紅を塗る。疲れ果てた女が垂れ下がった瞼をして、鏡の中から私を見ている。かなり年をとってしまったようにも見えるが、そうでないようにも見える。イェゴールをこの三日間見ていない。そして彼がどこにいるのかさえ知らない。靴を脱いで、トイレの蓋の上に座り、『働く女性と女性農業家』で読んだ静脈体操をする。

次に気がついた時は、夜の十時になっている。子どもたちは背中合わせに大きなベッドで眠っている。二人のランドセルからノートを取り出して、宿題をチェックする。食器類は洗い終えた。靴下は繕ってある。家事の才能はないが、できる限りのことはする。キッチンで一杯の水道水を飲む。それはしょっぱい。なぜなら私の涙がその中に滴り落ちているからだ。その時の私は他の何百万人と同じ女なのにかなり運が悪い。私は愚かな女だ。

＊

「なぁ、俺は何をすればいいんだ」とペトロフが言う。その声が私を記憶から引き戻す。「俺は今何かしたくてうずうずしているんだ」その証拠に彼は痩せこけた両腕を高く上げて、骨ばった拳を丸める。「インド人のように火葬した方がいいのか?」

「どこでそんなつまらない話を教わってきたのよ?」彼はあっという間に私をシャキッとさせる能力があるが、私はそれをおくびにも出さない。「誰も来ないわよ、あの死体を引き取りになんて。私たちはあの死体を埋める穴を掘らなければならないのよ」

「俺たちには資格がない。でもあんたが俺のそばにいる」彼はどこかに行って、スコップを手にして戻ってくる。それはガブリロフのところにあったのだろうか?
ぎらぎら照りつける太陽が陰るのを待って、私たちは威勢よく取りかかる。ペトロフが掘り始める。彼は自分の力を過大評価していた。一掘り毎に何秒間か一息入れ、そして五分もすると二、三分間座り込む。でも作業を続ける。彼は男だ、だから私は何も口出ししない。私はミント入りのお湯を用意する。

「氷入りのコーラの方がよかった」スコップを杖代わりにして、彼は呻く。

「暑い時に人工の冷たいものを飲むと死ぬわよ」と私は言う。

そうはいってもそのうち彼はコップの飲み物を飲み始める。その時痛む肋骨を無視して、私はスコップを取る。あまりの重さに驚く。よぼよぼのペトロフよりも弱っているのかと驚くが、私はそんなことはぐずぐず考えない。肥沃な赤茶色の土が、みすぼらしいモグラの盛り土のように積みあがっていく。

「できないなんて言うな。自分たちを信じるんだ」とペトロフは言うが、彼の意味のない言葉を私は無視する。

防護シートの上でハエがぶぅんと音を立てる。私たちの意に反して時間は進む。汗が私たちの顔を流れるが、モグラの盛り土はほとんど大きくならない。ペトロフの横に座って、私は目を閉じる。

目を開けると、マリヤがスコップのところにいる。

彼女がいつもとまったく違う人間であると、瞬間的に私は思わざるを得ない。マリヤが仕事をするところを、私は見たことがない。私には今まで実際に見逃していたものがある。マリヤの力強く、がっしりとした白い肉体が出現する。彼女はパワーショベルのように掘り返すが、ほとんど息は切れない。それは毎日口の中に放り込んでいるあの錠剤によるものか、または錠剤を毎日たらふく飲んでも侵されることがない、揺るぎない健康によるものに違いない。

ペトロフと私は言葉もなく、ただそれを眺める。マリヤは私たちの方を見ない。一心不乱にスコップを動かす。土が私たちの顔に飛び散る。額の汗を拭うために、マリヤは少しだけ中断する。真ん丸の頰が紅潮し、ブロンドの三つ編みが乱れる。彼女は民族舞踊グループのソリストになれるかもしれない。

もしかすると昔はそうだったのかもしれないが、そんなことは誰も知るはずがない。

彼女が私たちの横にあるミントのお湯のところにくると、ペトロフが再び立ち上がろうとする。彼は立ち上がることができない。俺のために墓もいっしょに掘ってくれないかとジョークを飛ばすが、マリヤに無視される。彼女は瑞々《みずみず》しいゴボウの葉に手を伸ばし、丁寧に捥《も》ぎ取る。一枚を額に、そして二枚の小さいのは両頬に貼りつける。

それからいくらもしないうちにズィドロフがスコップのところに現れる。彼は自慢気味に私の方を見渡すが、その瞬間に危うく穴に落ちそうになる。マリヤは彼からスコップを奪い取る。ズィドロフは杖を支えにしてマリヤをじっと見ている。その視線は、彼が一勝負するのを諦めていないことを物語る。

マリヤはウールの上着を脱ぐ。上腕が力こぶになって、ゼリーのように震える。筋肉は赤くて、噛みつきたくなる。ガブリロフがやってきて黙って眺めている。マリヤは彼を放っておく。その間にハイソックスを脱いで、また靴を履く。ズィドロフは顔を拭う。ガブリロフが息を飲む音がする。ペトロフだけが目を閉じている。

勝利の微笑みを浮かべて、マリヤはスコップを動かす。そうこうするうちに穴は彼女の膝くらいの深さになっている。それから暴れ馬のように頭を振って、スコップをガブリロフに渡す。

ガブリロフはスコップを受け取る。彼が体を動かすのを、私は見たことがない。体を動かす価値など認めないのだろう。彼の手が少しだけマリヤの手に触れる。彼女は歯を見せる。その笑いは、私の耳には作り笑いのように聞こえる。私よりも若いからといって、マリヤは機嫌よくぴょんぴょん飛び跳ねたりはしない。ガブリロフはそれに気づいていないのかもしれない。マリヤが見ている中で、彼は掘り始める、アリクイのように荒々しく、そして激しく。

一定のテンポでの彼の唸《うな》り声にガブリロワ夫人が登場する。このことで彼が後で大目玉を喰らうのではないかと心配になる。しかしこの瞬間にガブリロフは穴掘りの王者になる。私たちは観客だ。私たちの息は一つになる。モグラの盛り土が大きくなる。

イェゴールがそこにやってくる。私は彼の注意をマリヤに向けさせる ―― 彼はいつも、どのタイミングで女の人を見るべきなのかわかっていた ―― しかし彼は、雄ネコがカノコソウのボトルを見つめるように私を見つめる。他の死者たちが姿を現す。グラーシャの父親がその中にいないのでほっとする。男の死体は防護シートの下にあり、その血は私たちの大地に浸み込んでいる。

暗くなって、ガブリロワ夫人が穴の開いたシーツを家からもってくる。シーツの上には淡い染みが点々とついている。私は防護シートを引き剝がす。ハエの群れが一斉に飛び立つ。マリヤは顔を背けて、ラズベリーの畑の中に嘔吐する。

力を合わせて私たちはグラーシャの父親をシーツに包《くる》む。頭と足の部分を縛って、穴の方に引きずっていく。みんなでいっしょに押したり引いたりして、シーツの死体を動かす。私たちの動きは静けさの中で一つになる。ただシーツを引きずる音と息をする音だけが静けさの中に響く。鈍い音とともに死体は新しい寝床に落下する。

疲れているにもかかわらず、穴を塞ぐのはすぐに終わる。すべての痕跡が消え去る。私はさらに地面を平らに踏み固める。疲労困憊で自分の骨が空洞のように感じる。

＊

世の中は若い時ほど恐ろしいことはない。子どもの時はまだいい。運がよければ、面倒を見てくれる人たちがいる。しかし十六歳からは厳しくなる。十六歳はそもそもまだ子どもだが、もっと年を重ねて経験のある人よりも、気にせずに踏みつけにしても構わない成人としか見られない。誰ももう護ってくれないだろう。十六歳からは常に新たな課題を背負わされる。新たになすべきことについて、少しはわかっているのかなどと気遣ってくれる人などいない。

結婚後は本当に厳しくなる。突然自分自身のためだけではなく、他の者に対しても責任が生じ、いっしょに背中に乗せてもらおうとする者はますます増える。胸の内では自分がまだ今までと同じように子どもだと思っていても、運がよければ、年をとるに従って、それなりに大人になっていく。その時ようやく、若い者たちへの思いやりを感じる立場となる。しかしその前に、なぜいつもそうなるのかと、彼らを羨む。

イリーナとアレクセイのことを思うと、そんなことがいつも頭の中を駆け巡る。

私はイリーナに手紙を書こうとしている。私がほとんど手紙を書かないと娘は苦情を言う。娘が実際には私の手紙を待っていないことはわかっている。でも私のことが気になるのだという心のうちを、私に伝えたいのだろう。さらに私が退屈しているのではないかと娘が心配するので、私が長文の手紙を書くと、娘の気は休まる。私がまったく退屈することなく過ごしていると書いても、娘は信じていない。イリーナはいい娘だが、私の面倒をよく見ているのだということを、私に確認しないではいられない。アレクセイが丸い地球の反対側に行ってしまってから、娘は私の最も近い家族だ、それは地理的に見ても。イリーナはずっと心に疚しさを抱えたまま暮らしているに違いない。

だから私はキッチンのテーブルの上にチェックの学習ノートとボールペンを取り出して、

手紙を書き始める。この前買ったバラの模様の便箋には触らない。それはラウラに手紙を書くために買ったのだ。イリーナはバラの模様が好きでない。

愛する娘のイリーナに、と書き始める、お婿さんのロバートと私のただ一人の可愛い孫のラウラに。マリュシ近郊のチェルノーヴォ村から、ババ・ドゥンヤが心を込めて手紙を書いています。みんな元気にしていますか？　もう八十二歳を過ぎたというのに、私は変わらず元気です。この年だというのに、本当に満足しています。特に嬉しいのは、イリーナ、あなたがドイツから送ってくれたトレッキングサンダルです。いつも私にぴったりのサイズを探してくれてありがとう。これを履いてからというもの、足が痛くなることはほとんどありません。

今週マリュシに行って、手紙と小包を受け取ってきました。あなたたちみんなにありがとうとお礼を言います。今回は、節約しながら使っているバニラシュガーと拡大鏡には特に重宝させてもらっています。でも実際にはまだ視力に不満はありません。あなたくらいの年の頃、もうじき目が見えなくなるのかもしれないと思っていましたが、まだまったくそんなことはありません。

今こちらは夏のような気候です。早朝でももう十七、八度になり、正午頃には気温は三十度以上になります。これはなかなか我慢できるものではありません。夜になっても気温は二十三度までしか下がらず、朝になってようやく十七度になります。これが私の一番快適に感じる温度です。

チェルノーヴォの雰囲気はとてもいいですよ。イリーナ、あなたが送ってくれたコーヒーを私はよく飲んでいます。すぐ近くに住むマリヤと。もう何度もマリヤのことを書いたと思います。マリヤはそれほど賢い女性とは言えないかもしれませんが、とても気さくな人です。マリヤは私よりも年下です。

後ろにもたれかかって、じっと考える。イリーナにも昨日のことを何か書かないといけないような気がする。でもそれなら娘がその場で混乱したりしないように注意深く書かなければならない。

今週ちょっと変わったことがありました。私たちのところに新しく二人やってきましたが、住み続けることはできませんでした。チェルノーヴォの暮らしは申し分ありませんが、誰にも暮らしやすいわけではありません。

ロバートにも何か書きたい。イリーナの夫にはまだ会ったことがないが、感謝の意は表したい。

あなたたちが家族としてするべきことがたくさんあるのは、私もわかっています。近くギムナジウムの卒業資格を取ると、ラウラはすぐに十八歳になります。イリーナとロバート、あなたたちが仕事で多くの人々のためになることをしていて、感謝されていることを私は信じています。

イリーナはロバートのことをほとんど書いてくれない。最後に彼の写真を送ってくれたのは、確かもう十年前のことだった。写真のロバートは頭が禿げかかり、大きな鼻をしていた。でも男は外見ではない。イェゴールはハンサムだったが、私に何をしてくれただろうか？

イリーナ、私はあなたの父親のことを思い出します。欠点はありましたが、いい夫でした。

あなたたちが私のことを心配しているのはわかっています。でも気遣いはいりません。私はなんとかうまい具合にやっています。それに元気だとも思っています。くれぐれも体には気をつけてください。

私は便箋を捲る。ボールペンの跡が下の紙に残っている。もうずいぶん書いた。これでイリーナは安心してくれるだろう。

あぁ、もうずいぶんと書きました。あなたたちの貴重な時間を奪ってしまってごめんなさいね。

それではお元気で、　チェルノーヴォより　ババ・ドゥンヤ

＊

手紙は郵便局にもっていかなければならない。でもこれから数日以内にもう一度マリュシに行くことが私にはできない。私は休まなければならない、少なくとも二週間は。もし頼まれたとしても――この夏はマリュシに行く必要はまったくないと答えるだろう。ベンチに腰を下ろして、雲でも眺めながら、たまにはマリヤにひとこと言いたい。

実際にはほとんど腰を下ろすことがない。もしそうしたとしても、その時はすぐに立ち上がって、家の中を掃き、バスマットの埃を叩き落として、鍋を砂できれいに磨き、やかんの錆を擦り落とす。若々しい雑草が緑色に芽吹く。それを引き抜いて、しゃがんだ姿勢から体を起こすと、いつも目の前が真っ暗になる。それでも私は気にしない。視界がはっきりするまでとにかく待つ。

目の前の靄《もや》が消えて、明るいブロンドの少女の真剣な顔が見える。まだ会ったことがない、そして私が読むことができない手紙を書いてくれた、愛する孫娘のラウラの顔が。

一瞬驚愕を覚える。ラウラの霊がチェルノーヴォの私のところにやってきたのではないかと思う。しかしここには暑さと古びた鍋釜しかない。ラウラはドイツにいる。孫は無事でいる。イリーナへの手紙で、ラウラも私に手紙を書いてくれたことには触れなかった。そもそも私はラウラのことを何も知らない。イリーナからの手紙には、ラウラが本当はどんな子なのかまったく書かれていない。ラウラが一年生になったこと、ラウラが五年生に進級したこと、ラウラが今年アビトゥーアを受けることについて。そのようなことは何も書いてない。

ラウラがどこの言葉で私に手紙を書いたのか、それはなぜか、私にはそれすらわからない。もしかするとラウラは助けを必要としているのかもしれないが、私には何もしてやることができない。それを思うと私の胸は張り裂けそうになる。

私が知らないラウラの真実は今、私にもただ何となく感じることができるイリーナの真実と隣り合わせにある。

イリーナがしっかりした女性であることを、私は微塵《みじん》も疑わない。娘は仕事で白衣を着ている。胸ポケットにはドイツ人の名前が刺しゅうしてある、娘の夫の名字が。その白衣を着ている娘の写真は、ラウラの写真の横にかかっている。

イリーナは筋骨逞しい男たちと競《きそ》いあっている。私と違って娘は医者だ。それがどういうことか、私にはわかっている。私の上司たちは医者だった。彼らは私に関する人事権をもっていたか、またはそうであるかのように振る舞っていた。時々彼らは私の好きなようにさせていた。そうすることで仕事がかなり減るからだった。他には何にでも口を挟んで、指図しようとする医者たちがいた。何でも知っているかのように振る舞う者もたくさんいた。何人かは検査室でシュナップス[注12]を飲んだり、救急看護婦と物置小屋に閉じこもったりしていた。それを知っていたが、私は何も言わなかった。私は自分自身の仕事の他に、救急看護婦の仕事もいっしょに片づけた。仕事はそつなくこなしたが、同時に男のプライドを傷つけないように気をつけていた。

そんな心配はしていないとイリーナは言ったが、私は娘の言うことを信じていない。

イリーナが私を訪ねてくる時は、私のためだけではない。年老いた一人の女に会うだけのために、こんなところに来る気になるはずがない。この地域の病気の子どもたちの一団をドイツに連れていき、いくつかの家族に預けて、放射能がないきれいな空気のもとで子どもたちに三週間の休暇を取らせるためだ。勤務している病院で、娘は子どもたちの検査をする。そしてボランティアに子どもたちを動物園やプールに連れて行かせる。それが娘のやっていることだ。三週間後に子どもたちは送り返される。茶色く日に焼けて、いくらか胸の辺りに皮下脂肪を蓄えて。

ラウラの手紙を取り出して、そこに書かれている言葉を見つめる。でも私には、何が書かれているのか、推測することすらできない。

後で村の中を歩いて、ペトロフの様子を見に行く。キュウリを二本、桃を三個もっていく。キュウリは私の庭の畑でとれたもので、桃は誰も住んでいない土地の木になっていた。桃の木は節だらけで、真っ直ぐではない。桃の実の重さで撓《たわ》んでいる。今年はとりわけ実りの多い年でアンズ、サクランボ、リンゴ —— どの木も例年になくよく実をつけている。

村の収穫物のサンプルを採取しようとやってきた実験助手たちのことを思い出す。ズィドロフは彼らに誇らしそうに巨大なズッキーニを渡した。レノーチュカは垣根の上からニワトリの卵を手渡した。マリヤはばかにするかのように怒鳴った。「わかっているのっ、あたしは今ちょうど起きようとしているところだよ。お前らにあたしのヤギの乳を搾ってやろうと思っているんだ。他に何かほしいものはあるのか?」そして私は、マスクをつけた男たちが肩を竦めて私の土地に入るのを見ていた。必要とするものを探し集めているようだった。結局彼らは任務を果たさなければならなかった。最初は彼らのために、私はキノコのピクルスを漬け込んだガラスのびんを開けた。彼らをお客様のようにもてなしたかった。それなのに彼らはキノコをフォークで掬い上げ、サンプル用の容器に入れて蓋をした。私のトマトを彼らはゴム手袋で触った。次からはびん詰めの保存食品を棚に置いておくだけにした。

ハンモックが軋む音で、ペトロフがまだ私たちの世界にいることがわかる。彼は大きなバッタのように横になっている。黒っぽい、飛び出た目が私の方を見る。私は近くに寄っていき、彼の膝の上に桃を置く。

彼は手にもっている本を振る。「今までにカスタネダ[注13]の本を読んだことがあるか、ババ・ドゥンヤ?」

「いいえ」彼が中庭に置いた椅子に、私は腰を下ろして、両手を組む。椅子には彼が取り付けた肘かけがついている。

「こういう本は一冊もないのか？」

「何？」

「あんたはほとんど本を読まないのかなと思っただけだ」とペトロフは怒鳴る。今度はとてもよく聞こえる。

「私の家には本は一冊もないわ。もしかすると雑誌も。それと仕事用の実用書もね。専門教育を受けた時の教科書も。みんなイリーナに送っちゃった。イリーナが医学部に入った時に」

「みんな？　一冊もない？」

「ええ、一冊も」

「それじゃぁ、何か調べる必要がある時はどうするんだ？」

「何も調べる必要なんてないわよ。何でも知っているから」

「笑わせてくれるじゃないか。俺とは正反対だ」彼は適当に本を地面に放り投げる。「それじゃあ、本がなくてもつまらなくないのか？」

「退屈なんてしない。いつも体を動かしているから」

「考えられない、ババ・ドゥンヤ」

私はそれに対して何も言わない。

「インターネットって聞いたことはあるか?」

「ええ」実際に私は聞いたことがあった。「でも見たことはないけど」

「ここにはない。ここは石器時代だ。その代わりに幽霊電話があって、それは一年に一回だけ繋がる。それがなぜか、誰も知らないんだ」

「世の中は説明がつかないものばかりよ」

「そんな月並みな言葉はやめてくれ」

ペトロフが話すのはそんなことばかりだ。アル中の人間がシュナップスなしでは生きていけないように、彼は本がないと生きていけない。気がすむまで読書ができないと、耐えられないだろう。ペトロフはまったく読書に飽きることがない。チェルノーヴォには公立の図書館がない。ここにあるものはすべて、生まれる前からある取扱説明書に至るまで、ペトロフは貪るように読み尽くしてしまっていた。

「その電話が繋がるかどうかは、俺がもうそろそろという意味なのかな？ その時はマリヤも俺のために穴を掘ってくれるかな?」

「そうしたら私たちがそれを見てやるわよ」

「あんたは何にも動じない。たいしたもんだ、ババ・ドゥンヤ」

私は答えない。ラウラの手紙が私の肌を焼く。肌がひりひりする。ペトロフは私を労《いた》わるように見守る。

「娘さんのことをよく話してくれるけど、どうして息子のことは話してくれないんだ？」

「息子はずっと遠いところにいるの。アメリカに」

「アメリカは広い。アメリカのどこだ？」

「海岸べりよ。暖かくてオレンジができるらしいわ」

「フロリダ？　それともカリフォルニアか？」

「わからない」

「手紙は来ないのか？」

「毎年クリスマスカードは届くわよ。アメリカのクリスマスの日にだけど。息子は女の人が好きじゃないのよ」

ペトロフは瞬時にそれを理解する。

「それで息子を追い払ったのか？」

「そんなことしないわよ。でも息子がここにいないのは悪いことじゃないわ」

「寂しくはないか?」彼は探るような目つきで私を見つめる。

地面に視線を落とす。ペトロフのところは、他のどこよりも砂だらけだ。砂地は水をよく吸い込む。ペトロフの声が風にざわめく。ペトロフはこれまでに行ったことのある外国の話をする。アメリカのニューヨークとカリフォルニアに、彼も住んでいた。彼は仕事で世界中を旅した。世の中には肉を食べない人だけでなく、牛乳と玉子を食べない人も、動物保護のために革靴を買わない人もいる。彼が何度も口にしている、聞いたことのある話ばかりだ。彼は壊れたラジオのように話す。そして彼はここで、私がもってきたキュウリを半分嚙みちぎる。

「それならあなたは英語もできるんでしょうね、ペトロフ」

「もちろん英語くらいは」

ラウラの手紙が袖の中で私をノックする。

「それじゃぁ他の言葉もできるの?」

「あぁ、できるさ」

ペトロフに聞けたら、どれほど楽だったろう。でもそれはできない。彼を信用していないというより、私は誰も信用していない。

「何を考えているんだ？」と言いながら、ペトロフは桃に手を伸ばす。

「あなたは私とまったく違う人間だということ」

「あんたがいなくなったら、なぁ、ババ・ドゥンヤ、チェルノーヴィは消えてなくなるだろうな」

「私はそうは思わない」

彼は桃の種を吐き出して、その軌跡を目で追う。

「あそこから新しい桃の木が生えてくると思うか？」

「いいえ。桃はどちらかと言えば若木を植える方がいいの」

「俺が言いたいのは、この辺りで何があったのか、いつかは忘れられてしまうということだ。百年、二百年後も？　ここでみんな穏やかに、心配しないで暮らせるのかな？　昔のように？」

「ここが昔どうだったかなんて、そもそもその時どうやって知ることができるの？」

彼は今いくらか気分を害しているかもしれない。あんなことを言うのはここではペトロフしかいない。そして私はそれが気に入らない。それは新聞に書いてあった話で、チェルノーヴィに暮らす私たちとは関係ない。

「キュウリと桃をありがとう」私が別れを告げた時に、彼は私の背中に声をかける。

大通りを帰る道がいつもより長くかかる。庭の穴のところを通り過ぎる時に、土で塞いだ上にバラの葉がまき散らしてあるのが見える。

＊

いつものように心配事は予告もなしに、しかも都合の悪い時に降りかかる。考えれば考えるほど気がかりは増し、考えがまとまらなくなる。経験したことのない世の中に引きずり込まれる瞬間がある。ペトロフとの会話はいつもそのきっかけになる。彼は的を射た質問をするが、それに答えられる者はいない。

チェルノーヴィに来て最初の年に私は多くの質問を受けた。最も難しいのはイリーナのものだった。最も意味のないのはレポーターたちのものだった。放射線防護服を着た宇宙飛行士のように、彼らは絶えず私につきまとった。ババ・ドゥンヤと、彼らは銘銘勝手に私に叫んでいた。それでどんな問題提起をしようとしているんですか？　人類が生存できないところで、あなたは生きていこうとしているんですか？　ご家族が訪ねてくるのを許可しますか？　血液検査の結果を教えていただけませんか？　甲状腺の検査をしてもらったことはありますか？　あなたの村に引っ越してくるとしたら、どんな人がいいと思いますか？

ここが私の村でないことを、あの当時彼らが知らなかったのか、私にはわからない。彼らと話をしようとして、私は自分の家と庭を見せた。当時誰も住んでいなかった他の家も見せた。あれも間違いだった。カメラから顔を背けて、彼らの目の前でドアを閉めるべきだった。でもなにしろ私はそんなことをしてはならないと躾けられた。それは准看護婦としての何十年にも及ぶ経験よりも重い。

「この土地が好きだなんて言わなければよかったんだ」とペトロフは後で私に言った。

「やつらは挑発と解釈している。原子炉事故なんてたいしたことじゃないとあんたが言おうとしていると解釈している。あんたが自分をその道具として利用していると思って、やつらはあんたを憎んでいるんだろうな」

「ええ、そういうことなら言っておいた方がよかったのかしら、本当は私にとって死ぬのが一日早くなろうと遅くなろうとどうでもいいことだって」

「もしかするとそうかもしれないな」とペトロフは言った。

ラウラの手紙が気になって仕方がない。私一人ではあまりに荷が重い。どうしてもそこに何が書かれているのか知りたい。


翌朝家の前のベンチに重い足どりで座るが、頭がすっきりしない。ネコが足の周りを歩き回る。ネコはずっと太り続けている。ネコがクモを捕まえて、いたぶるようにクモの巣を壊すところを、私は何度も見ている。私たち人間よりも動物の方がましだなどと考えてはならない。ネコは私の肩に飛び乗って、ざらざらした舌で私の耳を舐める。

「今日は機嫌が悪そうね」とマリヤは言う。彼女がやってきたのに気づかなかった。大きな体と、大きな足で型崩れしたスリッパと、くしゃくしゃに乱れた金髪で、マリヤが立っている。脂肪でてかてかしたバスローブと、その下に何度も洗濯して色褪せたネグリジェを着ている。

「どうしてちゃんと服を着ないの?」私はきつい言い方をする。

「着ているじゃないの」

「ここには他の人たちも住んでいるのよ、男たちが。そんな格好でふらふらしていちゃだめじゃないの」

「ガブリロフがあたしをレイプするかもしれないってこと？　ちょっとそっちに寄ってよ」巨大なお尻でマリヤは私をベンチの端に押しやる。

「ズィドロフに結婚してほしいって言われたのよ」と私を見ずに言う。

「よかったじゃないの」

「あたしは言ってやったの、よく考えさせてほしいって」

「どうして頼もしい男性を待たせておいたりするのよ？」

「軽はずみに決めるわけにはいかないでしょう」

私は頷いて、スカートをきちんと直す。マリヤの暑苦しい巨体で、私の右の脇腹に汗が流れ始める。

「あたしはずいぶん長いこと男なしでいたのよ」とマリヤは続ける。そして反応を待っているかのように、私を横から見つめる。

「夫がいるからといって、寂しさが薄れるわけじゃないわよ。そうなると面倒も見なくちゃならないし」

マリヤは男子生徒のように口笛を吹く。「あんたはあたしのことが嫌いになる？『はい』と返事をしたら」

まだ肋骨の痛みがあって、マリヤの方を向くことができない。「どうしてあなたのことを嫌いになるのよ？　嬉しいに決まっているじゃないの」

「あぁ、あたしも知らなかった」色褪せたネグリジェの裾を摑んで、マリヤは鼻をかむ。

「あたしに腹を立てる理由がいくつもあるなんて」

「まったく違うったら。あの人はかなりの年だけど、気高い心の持ち主よ。あなたは素敵な女性だし。お似合いのカップルだと思うわ」

目の端からマリヤが赤くなるのが見える。

その夜私の家のネコが死んだおんどりのコンスタンチンと結婚する夢を見る。

＊

ニュースはすぐに広まる、どんな村でもどっちみち。私たちの村には考えなければならないことは一つしかない。そして隣人たちはすでに詳しく知っている。最初に家の戸口にズィドロフが立つ。

「あら、おめでとう」と私は慎重に言う。というのもなぜか私の心中に、この展開を信じようとしない部分がある。

「ありがとう」ズィドロフは私の手にキスをしようとするが、私は手を引っ込めて、その丁重な振る舞いは婚約者のためにとっておくべきだと言う。

ズィドロフの話は長い。話が混ぜこぜになり、混乱して話を中断してはまた最初から話し始める。私は聞くことに集中する。そしてようやく、彼が夫婦の義務を果たさなければならないことを心配しているのに気づく。

「今さら何よ」私は容赦なく言う。彼は目をパチクリさせる。彼がほとんど気の毒に思える。でも自分より若い女を妻にしようとする年老いた男は、手を出す前によく考えておくべきなのだ。

「あんたのことも好きだったんだが」ズィドロフの口から突然その言葉が飛び出すが、そんな話に私は乗らない。それではマリヤに対してあまりに失礼だ。

去っていく彼の背中はいつもより丸くなっている。彼のウサギの心臓が暴れ狂っていることに賭けてもいい。

次には、驚くべきことにガブリロワ夫人が来る。肘かけ椅子に腰を下ろして、あることを聞いたと言う。肝心なことをぼかして話すので疲れる。

「その話は本当です」と私は言う。「近くチェルノーヴォで結婚のお祝いをします」

「でもそれはなんとなくモラルに反するんじゃないかしら？」

「新郎新婦は未成年じゃありませんよ」

「でもまさに年齢のことなんです、私が言いたいのは」

「憲法には、ある特定の年齢の人たちに対してだけ結婚してはならないなんて書いてありません」

「でもそうなると二人はどこに住むんでしょうか？」

「どうして私にそんなことを聞くんですか、リディア・イリーニチュナ？　私は姑ではありません。でも婚約した二人にとっては十分に広い家ですってよ」

突然ガブリロワ夫人の笑い声が鳴り響き、顔から険しさが消えていく。

「あぁら、それはよろしいんじゃないかしら。それなら人のことも気にならないし」

彼女を見つめる。ガブリロフのレイプに関するマリヤの下品な言葉が私の記憶に蘇る。マリヤは分別のある近所づきあいにこだわるような女ではない。そしてガブリロワ夫人は決して愚かではない。もしかするとそれどころかドイツ語ができるかもしれない。

「あの方に天の御加護がありますように」彼女はほっとしたと言わんばかりににやりとす

る。

いくらもしないうちに今度はペトロフが来る。家に足を踏み入れる前に、彼は愛の詩を一つ口ずさむ。そしてそれからもう一つ。三つ目で私はうんざりする。

「どういうつもり?」

「ここで結婚式がある。その先には、この村にまた子どもが生まれる」

「そうなったら本当に天地がひっくり返ってしまうかもしれないわね」

「それって凄いことだと思わないか、ババ・ドゥンヤ?」

私は目で応える。その視線にペトロフは縮こまる。彼の気まぐれにどうして疲れなければならないのか、私は納得できない。

「わかった、あんたは凄いとは思わないんだな。嫉妬深い女だ」とペトロフは言う。

「そんなんじゃないわよ、チェルノーヴィでは今はみんな静かに暮らしていられるのよ」

と私は言う。

脱力感でペトロフは座るよりなくなる。彼の顔の皮膚は蠟《ろう》のように頭蓋骨に貼りついている。ペトロフがあまり顔じゅういっぱいに微笑んでいると、顔の皮が裂けてしまうのではないかと思える。

「何か食べなさいよ。さもないと力が出ないわよ」と私は言う。

「インドにはお日様の光だけで生きているやつがいるそうだ」

ペトロフは起き上がる。二、三歩よろけて、私のベッドに倒れ込む。このベッドが村の所有物であるにしても、偶然その時立ち寄った人が断りもなくこの上に寝ているのは、本当は嬉しくない。でももしもペトロフを追い払うと、彼はすぐに行き倒れになる。彼はかなりの臓器を摘出された。彼がまだ大きな騒ぎを引き起こすかもしれないこと自体がそもそも驚きだ。

「結婚式では俺はきっと泣かずにはいられないだろうな」ペトロフは、私が家を出ていこうとする時に、ベッドから呼びかける。「俺が日毎ますますセンチメンタルになっていくのに気づいているのか？」

＊

私にとってチェルノーヴォで水道や電話回線を引くことよりも大切なものがあるとすれば、それは時間に関することだ。ここには時間が流れていない。期限も期間もない。基本的に毎日は遊びのように経過していく。人間が日常的に行っていることを同じように行うだけだ。私たちに何かを期待している人は一人もいない。朝起きて夜に寝る必要はない。それを逆さまにしても構わない。子どもたちがおもちゃのような店と人形でままごと遊びをするように、私たちは毎日を過ごす。

その間に、もう一つの世界があることを私たちは忘れる。そこでは時間の流れがずっとはやく、私たちを育《はぐく》んでくれるこの地球に対して誰もが恐ろしいほどの不安を抱いている。その不安は心の奥深くにあって、私たちに出会うことで表面に現れる。

十七年半前、私はドイツに暮らすイリーナに電話をかけた。その電話番号は国番号と市外局番で異常なケタ数だった。その二、三ヵ月前から娘の電話が繋がらなくなっていた。手紙も来なかった。それには訳があるに違いないと思った。私にその訳がわかないだけだと思っていた。その頃私はまだマリュシに住んでいた。通話時間が五分のテレホンカードを定期的に買って、国際電話の電話ボックス前の長蛇の列に並んだ。回線に繋がると留守番電話のドイツ語の声が聞こえてきた。いつかイリーナが電話に出てくれると信じて、私はいつもすぐに受話器を置いた。何か本当によくないことが起きていたら、すでにその出来事を私は聞いているはずだ。娘はそれに対して何かしているはずだ。そう私は確信していた。

そしてある日娘はようやく受話器を取った。「お母さん、電話をくれてありがとう。聞いてもらいたいことがあるの。お母さんの孫ができたのよ。女の子なの。生まれて十一日になるんだけど、とても元気よ。名前はラウラっていうの」

私は尋ねた。「大丈夫なの?」

「もちろん大丈夫よ、私はこの子の名前をそうしたの」

「名前のことじゃないってば」

「絶対になんて言えるわけないでしょう。でも手足の指を数えたら、ちゃんとあったわ」

イリーナはそう言って笑った。

背後で鳴き声が響く。それは尻尾を挟まれた子猫の鳴き声のように聞こえる。

「本当に嬉しいわ。はやく娘のところに行きなさい。また後で電話をするから」と私は言う。

それからしばらくは娘に電話をしなかった。初めての赤ん坊ができた時は、長電話はよくない。それを私はよく知っていた。私はイリーナに手紙を書いた。そこにイリーナ自身が赤ん坊だった頃のことを思い出して書いた。そして私は貯金を始めた。イリーナは返事を書いてきた。ごめんなさい、お母さん、妊娠していたことを前もって伝えてなくて。初めてのお産を待ち焦がれていたの。

その手紙には、大きなおしゃぶりをくわえている乳飲み子の写真が入っていた。

イリーナが言いたいことはよくわかっていた。

ラウラが三歳になった時、病気の子どもたちをドイツに連れていくために、イリーナは初めてここにやってきた。イリーナはラウラを連れてこなかった。

いつ孫に会えるのかと、私は娘に一度も尋ねなかった。なぜラウラを一度も自分の生まれた国に連れてこないのかと尋ねなかった。私はその答えがわかっている。イリーナが気分を害するのを私は恐れた。娘は何度か私にドイツに来ないかと言った。私を迎えに来て、連れて帰りたいと言った。イリーナの言葉はとても容易《たやす》いことのように聞こえたが、私は旅行をしたことがなかった。それまで一度もマリュシから先には行ったことがなかった。

イリーナの提案を断ったことを、ただただ後悔している。ラウラがまだ小さかったので、あえて娘の提案を断った。イリーナの家族の負担になりたくなかった。今となっては、私は年をとり過ぎている。バス停までの道のり、そこからバスに乗り、さらに別のバスに乗り継いで空港に行くこと、飛行機に乗ってイリーナのところに行くこと、それはおそらくもう無理だ。

その上、この土地とここでできるあらゆるものと同じように、自分でも放射線を出していることを知っている。原子炉事故の少し後で、他の多くの人たちと同じように検査を受けた――マリュシにある病院に行き、椅子に座って自分の名前と生年月日を言う間に、横にある計測器のカウンターがカタカタ音を立てていて、医療助手がその数値をノートに書き写していた。私の骨の中から周囲に放射線が放出されていて、私自身が小さな原子炉のようなものだと、生物学者は後で私に説明した。

森でとれたイチゴやコケモモさえも放射線を出していた。秋にとれるヤマドリダケやヤマイグチも、ガブリロフが時々狩りをするウサギやノロジカの肉も放射線を出していた。外からやってくる人たちは、それらを何一つ触らない。せいぜい検査用のサンプルとしてもっていく程度だろうが、それはそれで私たちにとってはあまりに残念なことだ。

いい空気と、毎年早いうちに初めて栓を抜いて飲むシラカバの樹液の飲み物のおかげで長生きをしていると時々考える。貯蔵用のガラスびんをきれいに洗い、それを携えて森に行く。そして時間をかけて、樹液を受けとってほしいと強く訴えかけているように見えるシラカバの木を探す。この辺りで樹液を採集して、私たちよりも名声を得ている多くの人たちのように、木に何度も傷をつけてそこから一度にかなりの樹液を抜きとることは野蛮な行為だと思う。シラカバの樹液は高値で取引されるが、傷をつけられて樹液を絞りとられた後の、カラカラに乾燥した木は見向きもされない。それに対して私は樹皮に慎重に穴をあけて、そこに細い管を差し込み、貯蔵用のガラスびんをその下にして木に縛りつける。一滴ずつエリキシル剤[注14]がその中に滴り落ちる。何日か後にそれを回収すると、傷をつけた箇所に、いつも自分の患者にしていたのと同じように入念に包帯を巻く。

イリーナとアレクセイにもこのことを教えた。必要がなくなったとしても、それが他の何かを壊すわけではない。物を修復するのは容易でない。そして失ったものは永遠に帰ってこない。村の子どもたちはどちらかといえば、夏休みに都会からやってくる子どもたちよりも、そうした気もちをもっている。そして私は何度か見たことがある、都会の子どもたちがまだ熟していないイチゴを乱暴に摘み取ったり、きのこを無慈悲に地面から捻《ひね》り取ったりして、それをすぐに投げ捨てたりすると、イリーナが子どもたちの手を叩くところを。

貴重な樹液は私にとって特に大切なお客様だけに勧める。あの生物学者が私は心から好きだった。だから彼にコップ一杯の透明な液体を差し出した。

「私を殺すつもりですか?」彼は笑いながら首を振った。

この土地を愛しているが、時々私の子どもたちがもうここにいないことにほっとする。

*

マリヤの家のドアをノックする。彼女が私の家に来る時にはそんなことは絶対にしない。マリヤは、私が隠し事をするような人間ではないという固定観念に縛られている。

マリヤは入れと怒鳴る。ベッドに座って、熟年のラプンツェル[注15]のように、解けた長い髪を目の粗い櫛で梳かしている。

「ねぇ、花嫁さん、気分は盛りあがっている?」と私は言う。

「まだ花嫁になったことなんてないわよ」とマリヤは嘆く。

「ずっと前に結婚したことがあるんじゃなかったの?」

「あぁ」マリヤは手を振って否定する。「そんなの数に入らない。百年も前のことよ。今は何を着たらいいのか悩んでいるの」

「そもそもあなたたち、今の家をどうするつもり?」

「どうしたらいいと思う？　二人とも自分の家があるわけだし」

「いっしょに寝ないの？」

「何を下らないことを言ってるのよ」

「それじゃぁ何のために結婚するのよ？」私はマリヤの横に腰を下ろす。マットレスはかなり柔らかく、私たちの体重で危険なまでに沈み込む。マリヤは大声を上げて私にしがみつく。マリヤのベッドの上に私たちはいっしょに座ったことがなかった。あるのはただ私のベッドの上にだけで、私のベッドはもっと丈夫だった。

「離して」私は声を嗄らす。「頭がおかしくなったんじゃないの、バカッ、もう少し離れて、私が立ち上がるのを助けてよ」

「そうしようとしてるんじゃないの」マリヤは嘆くが、少しでも動くと私たちはさらに沈み込み、マットレスに挟まれていっそう体が押しつけられる。

もの凄い音がして、ほぼ解放されたことを知る。ベッドが倒壊して、二人とも布団に包《くる》まったまま床に落下する。布団の山の中から私は這い出て、壁に摑まり上体を起こす。

マリヤは枕の間に埋まって大声で吠える。

「あぁ、ベッドが壊れちゃった」

「でも新しいのを作ってくれる男がいるじゃない」

「男？　あの人を見たことがあるでしょう？」

「『はい』と言う前に、頼んでみなさいよ」

マリヤは顔を撫でる。「いつもいい考えを出してくれるわね。あんたがいなかったらあたしたちは結婚のけの字もなかったわ」

「さぁ、まだぐずぐずしているの？」

悲しそうにマリヤは私を見つめる。「あたしたちの結婚式をあんたに取り仕切ってほしいんだけど」

＊

少し前に時間のことに触れた時に言いたいことがあった。それはもう少しでうっかり見間違えそうになるようなことだが、私は草地に立っていて、横にはテーブルクロスがかかった長いテーブルがあり、前にはグラマーな女と、人間というよりはむしろ枯れ木のような年老いた男がいるということだった。

私の後ろには村の住民たちが立っている。あまりにもよぼよぼしているペトロフだけが座っている。他の者たちは自分の足で立っている。生きている者たちの間を、かなり好奇心の強い死者たちがはしゃぎ回っている。イェゴールは私のすぐ後ろにいて、私の肩を見ている。

ズィドロフはマリヤにベッドを作ってやった。それは俄《にわ》かに信じられない。どうやって彼にそんなことができたのか、誰にもわからない。彼は一本の木をのこぎりで四つに切って、その上に彼のあばら家の壁から自力で引き剝がしてきた板を敷いた。どこもかしこもたくさんの釘でしっかりと固定されていた。その上にはマリヤのマットレス、枕、布団が置かれていた。あれほど巨大なベッドを私は見たことがない。これでマリヤはぐっすり眠ることができる。そのベッドを私に誇らしそうに披露しながら、彼女は断言した。

「結婚すると何が便利かわかるでしょう?」彼女の声は自慢したくて仕方がないかのようだった。

「私はそれを否定したことなんてなかったわよ」

「それならどうしてそんな風に笑ったりするの?」

「笑ってなんかいないわよ、マリヤ。喜んでいるんじゃないの」

マリヤは婚礼にレースのネグリジェを身に纏う。真っ白になって、彼女の体がさらに巨大に見える。肩にはバラ柄の黒いスカーフがかかっている。彼女は髪を編んで、頭の周りに巻きつけていた。その姿は今にも議員に立候補するかのように見えた。レースのカーテンはベールとして使われている。そして花が、いたるところに花がある。ヤグルマギクが髪の中に、ヒゲナデシコがネグリジェの上に、そして野バラはズィドロフのボタンの穴に。

ズィドロフの膝が震えている。最後の力を振り絞って、杖を支えに立っているズィドロフは、いつもより小さく見える。両手の関節が白く浮かび上がるが、顔はにやりとして、勝利の笑みに崩れる。死と闘っている表情と見間違われるかもしれない。彼はきちんとした服装をしていた。虫食いのあるグレーのピンストライプのズボンと、鮮やかな色彩のジグザグ模様のシャツだった。

新郎新婦が私の前に立ち、期待に満ちた目で私を見つめる。厳かな言葉をかけられるかどうか、今はすべて私にかかっている。二人に敬意を表するために、私もきちんとした服装をしてきた。ロングスカートとシルクのブラウス、頭のスカーフは洗ったばかりで、首には色鮮やかな大きな木の数珠のネックレスを。

刺青がまた痒くなる。イェゴールとの結婚式の時に、戸籍役場の女性職員が話しかけてくれた言葉を思い出そうとする。でもその言葉が思い浮かばない。それから私は招待されて、または結婚の立会人として参列した結婚式のことを思い出す。イリーナの結婚式に出なかったことを、私は思い出さずにはいられない。

従妹の結婚式が思い浮かぶ。私は確か四十代の真ん中だった。そしてある言葉が私の心を射抜いた。「お互い誠実に」へとへとに疲れきった戸籍役場の女性職員は私の従妹と彼女の未来の夫にはなむけの言葉を贈った。多すぎはしないが、足らなくもない。戸籍役場ではあの土曜日に何組かの男女が待っていた。そして何人もの姑となる人が廊下で待ちくたびれて、焦《じ》れていた。私はこの言葉がずっと頭から離れなかった。その時私は結婚してしばらくした頃で、母親になっていた。

ずっと後になって、新郎新婦が教会で結婚式を挙げるのをテレビで見た、いやそれどころか国王の結婚式さえも。今では私たちの国でも多くの若者が教会で結婚式を挙げるようになった。私たちの時代に教会で結婚式などをしたら、その後ではもう誰もお祈りに行く気にはならなかっただろう。

「手を貸してちょうだい」と私は言う。二人は喜んで私に動物のような手を差し出す。柔らかく、丸くてはち切れそうなマリヤの手と、鳥の鉤爪《かぎづめ》のようにパサパサしたズィドロフの手を。私は二人の手を取って重ねる。マリヤは小物入れの中をごそごそ探して、彼女が気前よく用意した二つの指輪を差し出した。

私はその指輪を新郎新婦に手渡す。ズィドロフはマリヤの指に、輝く宝石がついた幅の広い指輪を滑らせようとする。その指は太い。マリヤは歯を食いしばる。ようやく指が入る。次にズィドロフが指輪をしてもらう。その指はあまりに骨ばっていて、細い指輪がゆるゆると動く。指輪が外れないように、ズィドロフは拳を丸める。

「お互い誠実に」と私は言う。私の言葉がイエスの山上の垂訓の一節であったかのように、マリヤは大きく目を開けて私を見つめる。「あなたたちは今からは夫と妻です」

マリヤの激しく打ちつける脈拍を感じる。ズィドロフにはまったく脈拍を感じない。彼の皮膚は冷たくて、乾いている。次の言葉への期待の気配がする。

「覚えている?」私はイェゴールに囁きかける。「覚えている、次に何をすればいいのか?」

「二人を祝福してやりなさい」彼は私の耳に囁く。「そしてキスのことを忘れないように」

イェゴールは本気でそう思っていないのかもしれない。ここにいるのは年老いた二人だ。そして私は礼儀作法をわきまえている。ところが二人は未だに、何か特別な言葉を待っているかのように見える。私は大きく息を吐く。

「おめでとう、そして……お二人を祝福するわ」と私が言うと、マリヤの目が輝き始める。

「もしもあなたたち二人が本当にそう……私が言いたいのは……ズィドロフ、さぁ、花嫁にキスをしてちょうだい」

＊

村の組織として、私たちが何かをいっしょにしたことはなかった。私たちは個々にこの村に引っ越してきた。まず私が、それから他の人たちが。その人たちを私は歓迎した。その人たちに住みかとなる建物を案内して、トマトの種を分け与えた。でも私たちは村の組織とは思っていない。誰もがそっとしておいてほしいと思っている。私たちはみんなで一つのテーブルを囲んだ経験がない。それを今、私たちは経験している。

祝宴の大テーブルがマリヤの家の庭に設営され、それが何枚ものシーツで覆われる。その上にレノーチュカはバラの花をまき散らした。私たちは村じゅうから食器類をかき集めた。テーブルの中央にはやかんが湯気を立てていて、その中にはペパーミントの葉が浮いている。皿にはもぎたてのキュウリとそのピクルスがのっている。スライスしたトマト。種類別に束ねられたハーブ。固茹での茹で玉子。私が焼いた、セモリナ粉のサクランボケーキ。レノーチュカに生贄《いけにえ》にされ、飢餓状態にあるかのように私たち全員が見つめる二羽のローストチキン。そしてズィドロフの納屋にあった何本かのイチゴのワイン。

浮かれた雰囲気だとは言えないかもしれないが、何か雰囲気がある。マリヤは頭からカーテンをとり払った。花はまだ髪についている。頬は紅潮しているが、それは高揚感とワインと困惑とでだろうか。いつもと違って、マリヤはあまり話さない。彼女は一人ひとり見つめる。そうするうちに、何か知らせたいことがあったかのように、彼女の視線は私のところで止まる。

ズィドロフはガブリロフと頭を寄せ合っていた。二人が下品な冗談を飛ばし合っているに違いない、賭けてもいい。ガブリロワ夫人は嫌な顔をして、突然息遣いも大変なほどに笑い出す。ペトロフは異常なまでに静かで、初めて出会ったかのように絶えずレノーチュカを見つめている。そしてそのうち二人は互いに近づいていく。

死んだおんどりのコンスタンチンがマリヤの膝の上に飛び乗るが、彼女は気づくことさえない。コンスタンチンはマリヤの丸くてはち切れそうな二の腕を突つく。ヤギが逆側からネグリジェを食《は》む。

グラスや皿が空になっていないか見回す。誰かが私たちを眺めているような気がする。私が信心深かったなら、それは神様だと言うかもしれない。でも私が小さい時に、ここでは神様を信じる者はいなくなった。だから神様を呼び戻すことが私にはできなかった。両親の家にはイコンはなかった。イコンはお祈りの対象ではなかった。他の多くの人たちと違って、一九九〇年代に私は洗礼を受けなかった。なぜなら、成人した人間として桶に浸かってお香の煙を顔にかぶることはばかげたことだと思っていた。それにもかかわらず、イエス・キリストはきちんとした人だったと、私はまったくそう思う。イエス・キリストについて言われているあらゆることについて、そう思う。

ワインを一口飲む。そのフルーティーな甘さが、そのワインの強さを覆い隠す。頭の中に靄がかかる。目の前にイェゴールの顔が現れる。ここに座りなさいよ、許してあげるから。

「何をぶつぶつ言っているの?」マリヤが前かがみになり、私を抱きしめる。

草と汗の臭いがする。マリヤが燃えるような高い熱を出して、へなへなのマットレスに一週間寝込んでいた時に、看病してやったことがある。最後のウォッカを使い果たして彼女の汗を拭いてやった。大晦日の彼女は救急医のようなにおいがした。汗が噴き出した体を私は洗ってやった。それは過去の准看護婦としての仕事とは違った。もっとたくさんの専門教育を受けて、経験を積むことはできても、あの時のマリヤのような体の前では、しばしば子どものように驚いて立っているほかない。

遠く離れたところから鳴り響く音が耳に迫ってくる。おんどりのコンスタンチンが羽をはばたかせる。レノーチュカがペトロフの膝から滑り落ちる。そして彼女の目に不安が広がる。マリヤは私を突き放す。私は立ち上がり、片手で目を塞ぐ。

もうもうと砂塵が舞い上がり、それが私たちの方に近寄ってくる。もう一度瞬きをする。すると今度はそれが青と白の二色の警察の車だとわかる。車はガタゴトと大通りを走ってくる。助手席のドアが一斉に開き、白い放射線防護服で身を固めた男たちが降りてくる。一発の銃声が響き渡る。するとイチゴのワインボトルが一本、幾千もの破片に砕け散る。ガブリロワ夫人がすさまじく甲高い、そして鋭い叫び声を上げる。男たちが大声で命令するが、朦朧《もうろう》としていて私にはその言葉を聞き取ることができない。明らかにテーブルの周りにいる他の者たちも聞いていていない。ズィドロフだけがゆっくりと立ち上がって、両手を高く上げる。

一連のことから自分が年をとったということに気づく。痛みからではなく、太い脚からでもなく。状況を把握するのがあまりにも遅いことによって。ただし他の者たちもそれほどすぐに理解できるわけではない。警察官の一人が何か言っている。「勾留令状」という言葉が聞こえる、さらには「容疑」という言葉と「殺害した」という言葉が。

一人ずつ見ていく。警察官たちは私たちに話している男の後ろに位置どった。私たちはテーブルの周りに座っている。緊張のあまり、ズィドロフの高く上げた両手が震える。老人にそんなことをさせるのは許さるわけがない。ズィドロフに両手を下ろすようにと、声を押し殺して囁きかけるが、彼は私の言うことを聞かない。イェゴールが首を振る。マリヤは憤《いきどお》る。彼女がゆっくりと立ち上がり、拳を腰に押し当てると、ヤグルマギクが髪の中でひらひらする。ペトロフはいっそう青ざめて、レノーチュカにしがみつく。

こうしている間、杖があればと思う。もうしっかりと自分の足で立っていられない。たとえズィドロフより若くても、私はそろそろ歩行補助具の世話になることを考えた方がいいのだろう。ズィドロフの杖に手を伸ばし、それを支えにして立ち上がって、私は警察官たちのところに歩いていく。そして杖を上に上げる。私はとにかく自分に注意を向けさせようとしただけだが、彼らは後退りして私に武器を向ける。

「お客様ならいつでも歓迎します。でもそれなら皆さんもお客様らしくしてもらわないと困ります」声を張り上げたかったたが、私の声は風の中の秋の木のように、ただカサカサ音を立てるだけだった。私の言葉を聞き取るには、彼らは耳を澄ませなければならない。「私たちは結婚式のお祝いをしているところです。皆さんはいったい何をしているんですか？」

前方にいる警察官は書類を振りかざす。「あなたたちには殺人の容疑がかかっている」

「誰に？」

警察官は手にしている書類を見る。その時彼は私の目を見ようとするが、すぐに書類に目を戻す。「全員にだ」

「チェルノーヴォにいる全員に？」

「まことに申し訳ないが、ババ・ドゥンヤ、あなたも例外ではない」

彼は私の名前が書いてある行を見せて、その紙をすぐに引っ込める。もしも私たちがその紙に触ったら、両手が落ちるのではないかと恐れているのは明らかだ。

「親愛なる同志の皆さん」と私は言う。「親愛なる閣下。これは単なる勘違いによるものと思われます」

突如として彼はその書類をバタバタと扇ぎ出す。「私は粛々《しゅくしゅく》と自分の仕事をやっているにすぎない、婆さん」

「でもご覧になってくださいよ、私たちが殺人犯に見えますか？」

彼の視線は私たちの顔の上をあちこちと彷徨う。新郎新婦のところで少し長めに留まる。

彼がからかわれていると思わないように、私は新郎新婦があまり目立たないようにする。

「私にそんな苦労をかけないでもらえますか、ババ・ドゥンヤ」と彼は言葉を絞り出す。

「私たちは本当にこうするしかないんです」

*

大好きな孫のラウラに、
あなたのことが大好きなおばあちゃんのババ・ドゥンヤです。今マリュシ近郊の村チェルノーヴォからあなたに手紙を書いています。ただし今はチェルノーヴォにいるのではなく、刑務所に入れられています。ごめんなさいね、特別にバラの模様の便箋を買っておいたのに、その代わりにこの灰色の紙で。ここではバラの便箋が手元になくて。

あなたはもうずいぶん大きくなったことでしょうね。あなたに直接聞いてもらいたいことがあります。私たちが今お互いに手紙を交換し合うことは素敵なことだと思います。そしてあなたがこの手紙を読めないとしても、それを翻訳してくれる人があなたにはすぐに見つかることでしょうね。その点ではあなたは私よりも恵まれていると思います。もしかするとあなたはロシア語くらい読めるかもしれませんが、書くことは難しいですか？　あなたのような若い人たちにとって、外国語は難しくはないんでしょうね。

もともとあなたやあなたのお母さんに迷惑をかけるつもりはありませんでした。でもあのニュースがロシアとの国境を越えて広まったということが、私の耳に入ってきました。私はあなたたちに余計な心配をかけたくありません。私たちのことがテレビで報道されたということを聞きました。外国でよりもむしろロシア、ウクライナ、そして白ロシア内での報道の方が小さいくらいだということも聞きました。刑務所の前にはたくさんのジャーナリストとカメラマンが陣取っているということで、裁判所は本来の業務に支障がきたしているようです。

そのためあなたにこの手紙を書こうと思いました。これを読めばお母さんやテレビからだけでなく、私の手紙からあなたが今の状況を知ることができるからです。というのも情報メディアとしてテレビは重要ですが、当事者から事件のことを聞くことも重要だからです。

私は刑務所に入れられたことはありませんでした。犯罪行為が立証されているわけではないので、未決勾留ということになっています。でも私には本物の刑務所との違いがよくわかりません。

ではここから順を追って書くことにします。

ここでは囚人房一部屋に十人の女性がいます。私がいるこの部屋はそれほど広くありませんが、むしろ居心地がいいくらいです。私以外にチェルノーヴォからここに連れてこられた女性は、レノーチュカとマリヤの二人だけです。レノーチュカは子どもがいないので、いつも悲しそうに見えます。子どもたちが病気になるのを恐れて、子どもをもたないことにしたのです。おそらくそれは正しい決断だったと言わざるを得ません。

マリヤは私の隣人です。彼女のことについては手紙に書いたことがあると思います。この部屋にいる他の女性たちと私たちはここで初めて出会いました。とてもいい人たちです。タマラは旦那さんと大喧嘩をしたそうです。ナターリヤは断りもせずに他人の赤ちゃんを抱き上げました。リーダは薬を取り違えてしまい、カーチャは善良な旦那さんを侮辱したそうです。おそらくみんなうっかりしてのことだと思います。

最初は彼女たちも、私たちが囚人房の同居人としてうまくやっていけるか心配していましたが、その後心配は解消されていきました。

チェルノーヴォの男たちを目にしていませんが、みんな無事でいることを願っています。年老いたあなたのおばあちゃんは今ちょっと気が滅入っていると、告白しなければなりません。時々機嫌が悪くなります。そんな時に元気づけてくれるのがマリヤです。私がスープを飲んでいるか、そして私が二段ベッドの下の段に寝られるように、マリヤは気遣ってくれます。さらには私と話すことで、私があまり気落ちしないようにと気遣ってもくれます。塞ぎ込まないようにと言います。でもここで結婚しているのはそのマリヤだけで、しかも私よりもっとずっと塞ぎ込みたいのはマリヤ自身です。

結婚式をすることはもちろん刑務所では認められません。その上マリヤと結婚したばかりの旦那さんのズィドロフは、法の前では彼女と他人どうしで、互いに不利な供述もしなければなりません。

大好きな孫のラウラ、ドイツのテレビではどんな風に放送されているのか、私にはわかりません。いつ取り調べのための迎えがくるのかと、時々窓の外を眺めます。しかし見えるのは有刺鉄線と壁だけです。

ここで私の手紙は終わりにします。あなたを抱きしめることを夢見る、あなたのことが大好きな、あなたのおばあちゃんのババ・ドゥンヤより。

＊

途方に暮れて、どうしたらいいかわからない時にどんな気分になるのか、わかっている。でも何が正しくて、何が正しくないのかわからない時の気分はわからない。ラウラの手紙を読めなかったことを、私は書かなければならなかったのかもしれない。でも手紙が読めないことは少し恥ずかしい。その上ラウラへの手紙も、イリーナはいっしょに読むに違いない。物事の隅々まであれこれ思案にくれることなどほとんどないけれども、私は今までずっと正直者だった。

この愚かな勾留がイリーナとラウラに恥をかかせてなければいいとただ願うしかない。

私たちの囚人房は夜になる。他の者たちが鼾をかいているのが聞こえる。不思議なことに、人間は何かをせざるを得ない時には、これほどまでにお互いに気を許すことができるものなのか。この部屋では特にタマラ、ナターリヤ、リーダ、そしてカーチャが好きだ。タマラは夫をアイロンで殴り殺した。ナターリヤは赤ん坊を肉屋の前にあったベビーカーから連れ去った。リーダは砂糖のタブレットをアメリカ製のアスピリンと偽って売った。そしてカーチャは教区司祭の車庫の門扉に卑猥な言葉をスプレーで書いた。

最初は彼女たちは私たちと話をしようとしなかった。放射線を恐れて、私たちと同じ部屋にいることすら嫌がった。監視人が灯りを消しに来るまで、彼女たちはドアをドンドンと叩いて叫び続けた。

どこか遠くの方で、金属の食器がカタカタと音を立てている。私はモルモットのように閉じ込められている。私はハムスターや鳥を家で飼ったことがなかった。籠に入れて飼う動物は何も。鍵をかけて動物を飼うのには反対だ。

マリヤが寝返りをうつと、囚人房全体が震動する。マリヤは特に可哀想だ。レノーチュカをそれほど可哀想には思わない。ここにいても、レノーチュカはチェルノーヴォにいた時とほとんど同じように見える。

片時も手放さずにいるラウラの手紙を取り出して、ゆっくりとドアのところに行く。部屋の灯りは消えているが、廊下から小さな格子窓を通して淡い光が中を照らす。未だに意味がまったくわからない文字を、これまでと同じように読もうとする。だからラテン語の文字で書かれた署名から私は目を離さない――ラウラという署名から。

監視の女が私たちの囚人房の物音を聞きつけた。鈍い一定のリズムの靴音で、彼女は私たちの部屋のドアに近づいてくる。ここの女はたいてい男のような体型をしている、特に腹周りが太っているところが。窓が開く。

「ババ・ドゥンヤです」監視の女が叫び声を出して、この階全体を起こしてしまわないように、急いで小声で話しかける。

「いい加減にして、年寄りははやく眠りなさい」

「眠れないんです。年寄りは特に」

「それなら横になって黙っていなさい」

「あなたの名前は何て言うんですか、娘さん?」

彼女は一瞬はっとする。「イェカテリーナだ」

「素敵なお名前ね。ところであなたはドイツ語ができますか、カーチャ?」

彼女は背が高い。顔は格子窓に留まったままでいる。むくんでいて、満月のようにまん丸く、青白い。よく夜勤をしているに違いない。かなりの酒飲みであることが見てとれる。

そして家には彼女を待つ者はいないということが。

「学校でフランス語は習ったけれど。まだ何か話があるのなら、お年寄り、そっちに入っていこうか」

ラウラの手紙を手の中に収まるまで、小さく小さく折りたたむ。私の最大の不安は、何が書かれているのかわかる前に、それが破れてしまうことだ。

＊

大好きな孫のラウラに、
この前最初の手紙を出しましたが、まだ届いてないかもしれませんね。私にとって手紙を書くことはあまり簡単なことではありません。それはあなたが何に関心があるのかよくわからないからです。ここからあなたのいるドイツに郵便が届くまでにはしばらくかかります。警察のエアミットラー氏という、私の取調官は神経質になっています。というのも犯行の解明が前に進まないのと、亡くなった男性の親族がいらだってきたからです。私が思うには、その亡くなった人は大金もちで、その人の顔を知っている人が大勢いたのではないかということです。いったいどうすればその人が助かったというのでしょうか。

私には今は弁護士がついています。国選弁護人で、まだかなり若い人です。名前はアルカージ・セルゲイヴィッチといいます。

彼が私に話しかける時には、ババ・ドゥンヤ、あなたが僕にチェルノーヴォのコロラドハムシのことを話す時だけは、いつもどうしたらいいのかわかりません、と言います。それで私は言います。どうして？　無罪の人間があれこれ対策を考える必要があるの？

昨日彼は、ドイツの雑誌から私とコンタクトをとらせてほしいと言われ、そして私に関する質問を受けたと言いました。あなたのお母さんがそのことでどんな影響を受けるか、なぜドイツの雑誌が私に関心があるのか、もちろん私はよく考えています。

もう少し刑務所全般のことを、そしていつも私のことばかりが問題になっているのではないということをあなたに伝えたいと思います。ここでは何とかやっていけそうです。女たちは今ではお互いに仲よくやっています。刑務所の中では簡単に麻薬が手に入るということを、マリヤは以前テレビで見たそうです。でも私はマリヤと他の女たちにも、この囚人房ではそんなことはできない、この部屋には変なものはないと言いました。マリヤは怒って、私が最後の愉しみを奪い取ろうとしていると言いました。

マリヤが言うには、私、ババ・ドゥンヤがチェルノーヴォの人間だから、他の女たちが私の言うことを聞いているのではないということです。そうです、彼女たちは新聞を読んでいません。彼女たちが私の言うことを聞くのは、私の目の刺青を見たからなのです。刑務所で目の刺青をしているのは本当に大物だけで、そういう人物をみんなが恐れているのだということです、そうマリヤは彼女たちから聞き出しました。

ところがそれは目なんかではありません。オレグのO《オー》です。私はOの中を色で塗りつぶそうとしたことがあります。もうそんなものは嫌です、今では変な風に見えるからです。いくらいい染料でも七十年もすれば色褪せてきます。しかしそれと今の状況は関係ありません。

ここの食べ物は悪くありません。食堂の前の廊下にはショーケースがあって、毎日昼になるとスープやかゆの一人前の見本が置かれます。量が少なすぎると文句を言われないようにするためです。年をとった女性ならそれほど量は必要ありません。それどころかたいていマリヤに私はいくらか分けてやります。

ここにいる間は、自分の庭が草ぼうぼうになってはいないかなどと想像したくありません。あなたが変わりなく、学校でいい成績をとれるよう願っています。

あなたのことが大好きなババ・ドゥンヤより

＊

大好きな孫のラウラに、

またあなたに手紙を書いています。どうして私があなたに何度も手紙を書くのか、不思議に思っていることと思います。刑務所の中は他と違って時間が有り余っているからだというだけではありません。もっと伝えたいことがあるからです。

二日後に公判が開かれます。それにはかなりの時間がかかると、書類鞄を携えた小柄な青年のアルカージ・セルゲイヴィッチが説明してくれました。そこでは起訴状が読み上げられて、証人たちが尋問されます。村全体と言っても過言でない私たちのほとんどが被告席に座ります。そこにはおそらく傍聴人もいることでしょう。裁判はかなり異常で、私が知らないたくさんの人たちが私を知っているように思えます。自分を恥じるべきかじっと考えた末に、私は結論に達しました。いいえ、自分を恥じる必要はありません。なぜなら私は誤ったことをしていないからです。

裁判で言うべきことはよく考えなければなりません。私はたくさんの人の前で話したことはほとんどありません。でももしもアルカージ・セルゲイヴィッチが私の言葉を読み上げれば、もしかするとそれが私の言葉だと信じてもらえないかもしれません。だから私自身が自分の言葉で話す必要があります。

私からの言葉を決して忘れないでください。ババ・ドゥンヤがあなたよりも愛する人は他に誰もいません、たとえ私たちがまだ一度も会ったことがないとしても。

*

夜中にマリヤが私の板張りの簡易ベッドに座って大声で泣いているのに目を覚ます。彼女の大きな体の輪郭が震えているのが見える。彼女はおとなしくしようとする。それは、夫をアイロンで殴り殺したタマラが、眠っている時に騒がれるのを嫌がるからだ。

「どうしたの?」私は小声で話しかける。マリヤははぁはぁ息を切らせている。

「わからないのよ、マシェンカ」

マリヤが横で体を伸ばそうとするので、私は体を壁に密着させる。これは微妙な体勢だ。

マリヤが激しい音を立てて床に落ちるか、または私にのしかかって、胸の圧力で私を圧死させるかのどちらかだ。私はお腹をへこませて、できるだけ体の厚みをなくそうとする。

マリヤは片方の腕を私の首に回して、唇を私の耳に押しつける。

「とても怖いの、ババ・ドゥンヤ」熱い涙が私の耳に流れ込む。「怖いのよ、あいつらに刑を宣告されて、あたしたちみんな銃殺されるんじゃないかと思うと」

「銃殺なんてめったにないことよ、マリヤ。五十年も前の話よ」

「あなたはいいわよ、何があったたって平気でいられるから」

それに対して私は何も言わない。

「もちろんその通りよ、みんなでいっしょにあの男を土の中に埋めたことは。でもあの男を殺したのはたった一人きりじゃないの！」

マリヤの涙が私の耳を焼く。片方の腕を離して、彼女の肩を撫でる。マリヤは私よりも状況がよくない。彼女の弁護士はまだ姿を見せていない。マリヤの弁護もいっしょにできるかとアルカージに聞いてみたが、それは禁じられていると言われる。そもそもここではかなりの無秩序が支配しているという気がしてくる。さらには裁判の邪魔になるカメラマンの一団が外にいる。

「あんたはきっと知っている、誰がやったのか、ドゥンヤ！」マリヤはますます感情を制御できなくなり、次第にヒステリー状態になっていく。「何とかしてよ、あたしが家に帰れるように。あたしはチェルノーヴォに帰りたいんだ。あそこなら誰にも邪魔されないですむ。どうしてもあそこに帰りたいんだ。あそこにしかあたしが安らげるところはないと思っていたのに、それなのにあいつらはあたしを探し出してここに閉じ込めたんだ」

心臓が脈を打ち始める。口をしっかりと結ぶ。幾晩も夫だったアレクサンダーの名前をうわごとで言っていることに、マリヤは気づいていない。

「何とかしてよ！　あんたは親玉じゃないの」彼女はむせび泣く。

「私は親玉だなんて思ったことなかったわ」

でもマリヤは私の言うことを聞いていない。マリヤは震える。そして私は彼女といっしょに震える。「もうだめっ、ここで冷静でいるなんて無理よっ」

「落ち着いて」と私は言う。「もう少し落ち着きなさいよ、マリヤ。家に帰れるようにしてやるから。約束する」

マリヤは今本当にあらん限りの大声で泣く、タマラが狙いを定めて投げたブーツに黙らされるまで。

＊

「アルカージ・セルゲイヴィッチ、どうしたらどこの言葉で書かれているのかわかるの？」と私は言う。

「すみません、もう一度」と彼は聞き返す。

私たちはいつも同じ部屋で会う。その部屋は真四角でとても狭く、テーブル一つと椅子が二つしか収まらない。ドアは開け放たれていて、時々監視人が顔を覗き入れて、私たちを怒鳴りつけたり、秘かに写真を撮ったりする。そうされると時々アルカージは立ち上がり、部屋の外に出て怒鳴り散らす。彼がそれほどまでに大声になることがあるのかと、私は驚いた。

彼は華奢で、白いシャツとスーツを身に着けている。書類鞄が私たちの間のテーブルの上にあり、その横には画面の大きな携帯電話があって、その画面は絶えず光っている。アルカージの目の下の隈は落ち窪んだ頬にまで達している。薬指には結婚指輪がある。妻のそばにいる代わりに、彼はここで私のところにしゃがみ込んで、質問をしている。いつも同じ質問で、徐々に答える気がなくなる。

　彼は書類鞄を開けて、一枚の板チョコを取り出す。

　黒い包み紙の上には金色の外国の文字が見える。同じアルファベットがラウラの手紙にも書かれている。

「いかがですか」と彼は言う。

「ありがとう、でも結構です」

「どうしたらあなたに喜んでいただけるのか、頭を痛めています」

「ここには何でもあるので、不自由することはありません。この間はキウイをありがとう、もう長いこと食べていなかったのよ」

「ババ・ドゥンヤ！　がっかりさせないでください」

「誰かが白状したら、どうなるんですか？」と私は尋ねる。「そうしたらその他のみんなは家に帰れるの？」

「それは場合によります」

「どんな？」

「誰が白状するかによります」

いつものように私たちの会話は進行する。それが私を疲れさせる。

「私は部屋に戻ります、アルカージ」

「待ってください、お願いです！」

絶えず立ったり座ったりするこの動作が膝の負担になる。

「あなたの質問には答えられません。世の中にはあまりにもたくさんの言葉があるんです」と彼は言う。

「紙に書かれているというのにですか？」

アルカージは後ろにもたれかかって、目を閉じる。授業中に退屈した小さな男の子のように座ったまま、何秒間か椅子をぐらぐら揺する。

「もしもよく *the*《ザ》が出てくれば、それは英語です。*der*《デア》や *die*《ディー》や *das*《ダス》がたくさんあったら、それはドイツ語です。そしてもしも *un*《アン》か *une*《ユンヌ》があれば、どちらかといえばフランス語でしょう。そして *il*《イル》があればイタリア語かもしれません。またはそれもフランス語かもしれません」

敬意を込めて彼を見つめる。「まだ若いのによく勉強しているのね。もう奥さんが待っている家に帰って、ぐっすり眠ってちょうだい」と私は言う。

ペトロフや他の男たちと裁判の最初の数日間に再会する。法廷の檻の中に私たちは次々と連れていかれて、長椅子に座らされる。ズィドロフの膝はかなりぎこちない。彼は立ち止まって、ペトロフの肩に摑まる。私が准看護婦だったのは、彼がそう長く耐えられないのを見るためだったのではない。そもそも私はみんなもっと悪い状況になると思っていた。

いつもの青白い顔が紅潮したアルカージ・セルゲイヴィッチを見る。彼は檻のもう一方の側に座っている。法廷は超満員だが、私はもっと大きいと想像していた。カメラマンとテレビ局員たちが僅かな間に私たちの前を移動させられる。彼らは私たちに大声で何か言うが、私たちはただじっとそのレンズを見る。

私たちチェルノーヴォの者たちは互いに挨拶を交わさなかった。視線を交わすことすらしない。礼を失していると思われるかもしれないが、実際には私たちは結束していて、上辺だけの仕草は必要ない。

*

裁判官はオキシドールで脱色したブロンドの逞しい女性だ。黒の法服の胸には白い布が垂れ下がっている。彼女が話している間に、私は法廷内の顔をじっくりと見回す。男たちと女たちが、スーツで、シャツで、ジーンズのジャケットで思い思いに座っている。

私はペトロフの方を向く。彼を見ていなければならない。彼には一番重要な質問をしなければならない。彼は挑発的な目で振り向く。私は短く首を振る。反抗的な子どものような態度をとるのは、この瞬間は好ましくない。

俺はどのみちもうすぐ死ぬ、と彼の目には書いてある。本当に俺が刑務所で最期を迎えてもいいのかと。

私は立ち上がり、格子のところまで歩いていって、格子をとんとんと叩く。

裁判官は話を中断する。

「不必要に時間を引き延ばすつもりはありません」と私は言う。私の錆びついた老いた声が法廷内にガァガァガァと鳴り響く。

アルカージは慌てて立ち上がる。私は片手で、彼に座るように指示する。

裁判官は私を見下ろす。彼女は一九八〇年代のレジ係のような顔をしている。指には大きな指輪をいくつかしている。それが私を落ち着かせる。この女性は、私でも知っている世界の人間だ。もしかすると彼女は私が最初にとりあげた赤ん坊の一人だったのかもしれない。もしかすると私はかつて彼女の脚に添え木を当てたことがあるかもしれない。もしかすると彼女の祖母の死を看取ったことがあるかもしれない。過ぎ去った年月に、かなりの人たちが私の前を通り過ぎていった。

「ババ・ドゥンヤ？」と彼女は尋ねる。すると全員が笑う。彼女は静粛を促すように、咳払いする。「すみません……エフドキーヤ・アナトリェウナ。大丈夫ですか？」

私のパスポートにはエフドキーヤ・アナトリェウナと書いてある。法廷じゅうがざわつく。

「私は大丈夫です」と言う。「でもぜひとも言わせてもらいたいことがあります。この檻の中にいる私たちは全員年をとっているか、よぼよぼか、その両方かです。誰も苦しめてはなりません。それはこの場には相応しくありません。お願いです、閣下……すみませんが私はあなたの名前も名字も知りません。私は法廷での慣《なら》わしを知りません。ですから間違ったことをしても、どうかお許しください」

裁判官はアルカージの方を見る。アルカージは私の方を見る。制服の人たちがひそひそ囁き合う。その動作と視線が次々と隣に伝わる。突然力が抜けたように感じて、私は格子にしっかりと摑まろうとする。

みんなが私を見る。チェルノーヴォでのあの日、本当は何があったのかを知る者はいない。そもそもそれを知っているのは、死者を含めて、この世にたった二人しかいない。私がその一人だ。

「あなたがたのどなたも、実際に何があったのか知らないと思います」と私は言う。「裁判の進行を混乱させてしまい、申し訳ありません。でもこの檻の中には百歳の男性がいます。その人は長い時間立っていることができません。ですから私はあなた方に大切なことをお話しします。手短にお話ししたいと思います。チェルノーヴォの住人は私たちで最後です。ここで取り上げられている死者も私たちのところに引っ越そうとしていました。その人は小さな娘を連れてきました」

少し前まで法廷内は静かであると思っていたとすれば、私は思い違いしていたことになる。今は本当に静まり返る。

「チェルノーヴォは素晴らしいところです」と私は言う。「私たちにとってはとてもいいところです。私たちは来る人を拒んだりしません。また、若くて元気な人なら、もちろん出ていかないようにと言うでしょう。ただ誰にとってもいいところとは限りません。復讐のために小さな我が子を私たちのところに連れてくる人は、悪人です。子どもには母親が必要です。そしてきれいな空気が必要です」

裁判官の胸元の白い布をじっと見つめる。集中しなければならない。もう少しだけ考える、彼女もおそらく英語ができないのだろうと。

「そして今お願いしたいことがあります。これから私がお話しすることを正確に記録していただけるようにお願いします。アルカージ、いいですね、私は年をとっていますが、頭ははっきりしています。お聞きください、閣下。私こと、チェルノーヴォのババ・ドゥンヤは悪人を斧で殴り殺しました。他の人たちは私に脅されて、その男を庭に穴を掘って埋めるように強要されただけです。彼らは私に逆らう機会がありませんでした。私はこれをもってお願いしたいと思います、閣下、他の全員を釈放してください。そして私を単独犯として罰してください」

＊

愛する孫のラウラに、

あなたとあなたのお母さんと、もちろん私が敬愛するあなたのお父さんが変わりないことを願っています。

まだ明るいうちに、十五分の作業の休憩時間を使って、あなたに手紙を書いています。きっとテレビで見たことでしょう、あなたのおばあちゃんが今では重罪人であるということを。私は激情から殺人に及んだとして、三年の禁固刑を言い渡されました。

あなたがもしかすると私のことで恥ずかしい思いをしているのではないかと思うと、私も少し恥ずかしくなります。でもその必要はありません。なぜなら第一に、私の良心には一点の曇りもないからです。私はただ、やるべきことをやっただけです。二番目に、たとえあなたのおばあちゃんが狂人だとしても、あなたは一人の立派な女性だからです。

あなたが赤いTシャツを着ている写真を、私はいつも身に着けています。ここにはあまり多くのものはありません。毎日使うものが少しあるだけです。チェルノーヴォの快適な我が家のことをよく思い出します。今では、望み通りにそこで死を迎えられないかもしれません。こんなことは考えたことがありませんでした。私の言うことを信じてください、ラウラ、私はこれまでにたくさんのことを経験してきました。でも私があそこで過ごした年月は最も安らぎがあるものでした。

私は今収容所に入れられています。ここの生活も悪くはありません。他の女の人たちともうまくやっています。私たちは六時に起こされて、顔を洗い、朝食（挽きわり麦のかゆ）をとった後で、ミシンがある作業場に行きます。そこで私たちは枕カバーを縫っています。出来上がったカバーは一年に六つもらえます。でも私のためにあなたのお母さんがまた不必要なお金を使わないように、このことはわざとあなたのお母さんには書きませんでした。

それに加えて年間に一日を超える面会が四回と、最長三時間までの短時間の面会が六回許されています。あなたがとても遠くに暮らしていて、私を訪ねてこられないのが残念です。マリヤにとってもここはあまりに遠すぎます。他にすることがないかのように、アルカージは短時間の面会を申請してくれます。面会ではガラスの板によって仕切られているところで、スピーカーを通して話します。でも彼は誰かの悪口を言うことができません。監視人の女がいつも一言も漏らさず話を聞いていて、何かあるとすぐに会話を遮るからです。そのため彼は「今日の庭師」という雑誌の記事を読んでくれます。一度トラブルがありました。肥料の計画表を、監視人が暗号化されたメッセージと思ったのです。

チェルノーヴォや他のところで過ごした日々と比べると、ここでの日々はまだ僅かでしかありません。

この手紙を最後まで書くことができない。手が思い通りに動かない。指を伸ばそうとしても、曲がったまま動かない。まだ私に逆らったことがないこの関節の裏切り行為を疑い深く見ながら、もう一方の手の力を借りてペンを引き離す。そして立ち上がろうとするが、その前に立ち上がることができないだろうと気づいて、座ったままでいる。転んで大腿骨頸部を骨折するなんてまっぴらだ。

私はきっと三十分ここに座っている。もしかするともっと長いかもしれないし、短いかもしれない。助けを呼ぼうとするが、それができない。両目は徐々に閉じていく。私の体に何が起こっているのか、自分では正確にはわかっているが、それを表す言葉が浮かんでこない。あまりに長く座っていたため、背中が痛む。いつになったら私を見つけてくれるのか。もうずっと前に仕事に戻っていなければならないはずだ。誰かが私を仰向けにする――自分がひっくり返ったということに、私はまったく気がつかなかった。

＊

魂が肉体から去って、もう一度その体に戻れるのか考えながら、その体の上を漂っている可能性があると主張する人は何人もいる。それにどんな意味があるのか、私にはわからない。私は物質主義者として育てられた。私たちには魂と洗礼や天国と地獄のようなものはない。私はベッドの上を漂っているのではなく、ベッドに横になっている。片方の目にイリーナが映る。もう一方の目にはアルカージが。私は両目の焦点を合わせようとする。するど壁のところに点滴のスタンドがあることに気づく。

さらに私は他人の寝間着を着ていて、お腹まで布団がかかっている。

もう一度目を閉じる。

私はこれまで病気をしたことがなかった。これまでに子どもを産んだ時にしか入院したことがなかった。イリーナがまだ一歳に満たなかった時にアレクセイを身籠った。母乳を与えている間は妊娠しないと思っていた。ずっと長い間イリーナが生まれてくるのを待ち望んでいたので、二人目のことはまったく考えていなかった。

イェゴールは私に腹を立てた。二度目の妊娠の間、彼はほとんど家にいなかった。そして出張による不在を説明する努力をますますしなくなった。彼が帰ってくると、安物の香水のにおいがした。それ以来私は香水が嫌いになった。本当はイェゴールを二度と家の中に入れないつもりだったが、その時羊膜嚢《ようまくのう》が何週間か早く破裂してしまい、私がイリーナの弟を出産する間は、誰かがまだ小さなイリーナのそばにいてやらなければならなかった。二人目が男の子だったことで、イェゴールの自尊心は満たされた。そして早産であったことがイェゴールの罪悪感を大きくした。イェゴールは私の両手にキスをして、私の膝に泣き伏した。

もう一度目を開ける。

イリーナが泣いているのを見るのはこれが二回目だ。娘はベッドの横のプラスチックの椅子に座っている。両手には大量の紙がある。

私には娘の涙のわけがわからない。体調がいいので、はやく退院したい。私はきっとしばらくミシンから離れている。服役中だというのに、私はベッドに寝ている。

そのことをイリーナにも伝える。

「鏡を見たい？　お母さん？」とイリーナが尋ねる。私でさえ、自分の口もとが垂れ下がっていることに気づく。でもそれは真っ直ぐに縫うことを誰かに妨げられたわけではなかった。そうでなくても娘は私の外見を批評するような人間ではない。最後に会ってから、娘は二十歳以上年をとった。

「来なくてもよかったのに。こんなことをしていたらきっと仕事に差し支えるわよ」と私は言う。

もう二週間以上ここにいるとイリーナに言われて驚く。娘は無給休暇をとったに違いない。ドイツの医者はそう長くは休みをとれないはずだ。娘が今仕事までも失うというわけではない。ドイツ兵の外科手術をする代わりに、娘はここに飛んできた。娘が何日も前から私の弁護士といっしょに、もっといいところに転院できるように交渉していることを知る。今も娘の電話が鳴る。アムネスティが電話に出ていると娘は言うが、そんな名前の女は知らない。

「あぁ、誰もチェルノーヴォの私のトマトに水をやってくれないんじゃないかしら」と考えたことを声に出す。

「トマトのことは忘れて、お母さん。ドイツに行ったら、家庭菜園ができるところを借りてあげるから」

「私がドイツでってどういうこと？　お前たちの他に知っている人はいないのよ」

「でもお母さんのことを知らない人はいないわ」イリーナは雑誌を取り出す。

その写真を見てびっくりする。私は若い頃に写真を撮られたことがほとんどなかった。

それも当然だ。そのドイツの雑誌のカバーに写っている私は、頭にスカーフを巻いて、皺だらけなのにまだかなりしっかりした歯がある。それはここの外の世界が狂ってしまったという証拠だ。

もっとたくさんの写真を見る。モノクロのチェルノーヴォの写真を。私たちが聞き取れない言葉をしゃべったカメラマンのことを思い出す。彼はヒステリーの通訳の男を連れていて、マリヤと彼女のヤギ、レノーチュカと彼女のリンゴの木、ズィドロフと彼の電話など、あらゆるものの写真を撮っていた。

みんなあの頃撮った写真だ。

コンスタンチンの写真さえもある。私は自宅の前に立っていて、ネコが私の両脚の周りを歩き回っている。

そこにはかなり色々なことが書かれている。写真は古いが、その雑誌は新しい。雑誌には現在の問題を扱った写真が掲載されていた。少しつかえながら、イリーナは私の前で読み上げる。彼女は翻訳をしながら読まなければならない。

「ババ・ドゥンヤはここにいる女性の一人で、彼女が子どものように微笑むことが妬まれている。小さな顔は皺だらけで、濃い茶色の目はほっそりとしている。背はとても低くて、体はボールのように丸い――百五十センチあるかどうかだ。象徴的な姿をしている。国際的なジャーナリズムによる虚構だ。現代の神話だ」

両手をじっと見つめる。年齢による手の甲の染みの間に、かすかに「O《オー》」の文字が見える。実際にほんの少しは目のようにも見える。オレグが他の女の人を選んだ時に、私は生きる気を失くした。しかし今では彼の顔すら思い出せない。

「でも私は虚構なんかじゃない。私はここにいる、違う？　イリーナ？」

するとイリーナはまた小さな子どものように大声で泣く。

静寂が再び訪れることを願う。仕事に戻りたい。まだ弱りきっていて、自分の足で歩くことができないが、もう一度自分の足で立てるようになるだろう。私は人間らしい服装をしたい。イリーナにははやく家に帰ってもらいたい。娘が何をそう心配しているのか聞きたい。娘はそのわけを言わないだろう。娘は新聞に何が書いてあるのか、世間が私のことをどう思っているのか話そうとしないだろうが、私はまったく世の中のことに興味がない。

「ラウラは私の手紙を読んでくれた？」

「ラウラが？」娘の表情がなぜか私を不安にさせる。

「ええ。ラウラよ。私の手紙は届いてないの？」

「ずいぶん前から手紙はもらってないわよ、お母さん」

「でも私はラウラに手紙を書いたのよ」

「もしかして切手を貼り間違えたんじゃない？」

「でも私は何もかも書いたのに」

娘は肩を竦める。私が何を書いたのか聞こうとしない。私から聞きたいことがある者などいない。人間には安らぎと、もしかするといくらかのお金が必要だ。

「ラウラはどうしているの？」と私は尋ねる。

「ラウラ？」娘はまた聞き返す。娘が聞き返すその言葉に背中がぞくっとする。これから何か恐ろしいことを聞くことになるのがわかっている。

「ラウラは病気なの？」不安で唇の感覚が麻痺する。

イリーナは首を振る。その時私は、なぜそれがわかっていなかったのかと思う。とうの昔に気づいていなければならなかった。なぜならすべてがそのことを示唆していたのだから。「ラウラがいるなんて初めからでたらめだったのね、そうなの？　ラウラはお前の作り話だったのね。お前に子どもがいるというのは嘘だったのね。子どもがほしくなかったの？　レノーチュカのように」

イリーナは私を見つめる。驚きのあまり、娘の目が大きく開く。その目はとても青い。そんなにきつい顔でなかったら、娘は美しかっただろうに。でも私は娘を優しい女性に育てなかった。娘を養っていくので精一杯だった。少なくとも養うことはできた。

そして私の頭に浮かぶ考えはたった一つしかない。ラウラが存在していないのであれば、今までのことは何だったのか？

「もちろんいるわ」とイリーナは言う。「でもお母さんが思っているのとはまったく違う」

私が知っているラウラという子は、髪はブロンドで、悲しそうな目をしている。顔はとても繊細で、ちょっとしたことで傷つきそうに思える。ヘアクリップをつけることがなく、微笑むこともない。ラウラは奇跡だ。ラウラは完璧だ。写真の中のラウラはそんな風に写っている。

イリーナによれば、ラウラはスキンヘッドにしてしまった。ラウラは両親のお金を盗み、十三歳でアルコール中毒になって、二つの学校から放り出された。ラウラはロシア語がほとんどわからない。私はいつも自分のいいように解釈していた。

「娘は私を嫌っているのよ」イリーナは擦って赤くなった目で貫くように私を見る。

そんなことは聞いたことがなかった。悩み事があるなどと、イリーナは言ったことがなかった。そして今まさにそんな悩み事を口にしている。娘を抱きしめてやらなければならないかもしれないが、私たちはそんなことをしたことがなかった。

「私のしたことはぜんぶ間違いだったの、お母さん」

「それは違う」と私は言う。「間違いだったのは私の方だよ。お前がそんな問題を抱えているなんて、胸が張り裂けそうだよ。その上私まで殺人を犯してお前の前に現れるなんて。お前の旦那さんが私たちのことを悪く思わないでくれるように願うだけだよ」

「あの人がどう思うかなんてわからないわよ。私たちはもう七年も前に別れたんだから」

娘は何気なくそう言い、まったく同じように何気なく私も頷く。それがどうしたというのだ。大切なのは子どもの方だ。私たちの子どもは今苦境にある。そしてこんなことを聞いたからには、私を取り巻くあらゆるものがどうなってもかまわない　――　有罪判決、発作、そして刑務所での枕カバーなんてどうでもいい。

「お前にはお金をあげられないわよ、ラウラのために貯めておいたんだから。そのお金はチェルノーヴォの家の茶筒の中にあるんだけど。もしかしたら誰かにもっていかれてしまうかもしれないね」

「私も娘に何もしてやれない。どこにいるのかもわからないんだもの」

「どうして探そうとしないの?」

「どうしたらいいのよ? ラウラはいなくなってしまったのよ。一度も連絡がない。もう何ヵ月にもなるというのに。どこにいるのかわからないのよ」

今ここで私には言うことがある。それがいよいよイリーナを助けることになるのを確信していると。「ラウラが私に手紙を書いてくれたことがあるの」

これからしようとすることが正しいのか間違っているのか、またしてもわからなくなる。ベッドの脇に置いたビニール袋を取ってくれるようにイリーナに頼む。そして中身を取り出す。石鹼入りの石鹼箱、スポンジ、使いかけのハンドクリームのチューブ、他には歯磨きのチューブ。赤い口紅、これは私が囚人房に入っていた時にマリヤが貸してくれたものだ。そして小さく折りたたんだ一枚の紙、それを平らに延ばす。

「私にはthe《ザ》だけしかわからなかった」と私は言う。「これを私に訳してくれる人が見つからなかったのよ」

少しせっかちに、イリーナは私の手からその手紙を奪い取る。ラウラに対する背信行為に私の胸は痛む。でも今のイリーナにはそれが必要だ。イリーナはその手紙に覆いかぶさる。イリーナの唇が声を出さずに動く。

「何て書いてあるの？　お前には読めるの？」

娘は答えない。娘の目が滑るように上下して、顎が震え始める。

「どうしたの、イリーナ？」

イリーナは顔を上げて、私を見つめる。「私が話した通りのことが書いてある。人生が台無しになってしまったと。私たちがどれほどひどいのか書いてある」

「ラウラはきっとそうは思ってないよ」

「娘がそう思おうと思わなかろうと。私たちみんなを憎んでいるとしても、それは仕方がない。でもお母さんだけは違うって」

「それでラウラは今どこにいるの？」

「残念だけどここには書いてない」

＊

イリーナが嘘をついているのはわかっている。イリーナが話した以上のことが、手紙には書かれていた。都合がつき次第また来ると言って、イリーナは慌てて帰った。あれこれ心配しなくていい、どうにかやっていけるからと私は娘に言った。そしてラウラのことを考えるようにと言った。娘がラウラについて話したことを何から何まで信じたくはない。ラウラはきちんとした女の子だ。

「ねぇ、お前はまだ若いし、それどころかもう一度結婚することだってできる。少なくとも微笑むことと素敵な服を買うことを覚えたらということだけど」と私は別れ際にイリーナに言った。

「いったい誰に教えてもらえばよかったのかしら?」

「結局のところ、私もそれを覚えた時には七十を過ぎていた。そもそもようやく微笑むことを覚えたのは、チェルノーヴォに戻った時のことよ」

イリーナはびくっとする。

私は手紙を再び預かり、今度は靴の中に隠す。それはいいとは思えないとイリーナは言ったが、私は頑固を通した。娘には読ませてやったが、手紙は私のものだ。ラウラが私に書いてくれたものだ。少なくとも今はそれが英語だとわかっている。いい子だ、ラウラはきっと、おばあちゃんは外国語ができると思っていたのだろう。さもなければドイツ語から訳すよりも英語から訳してくれる人を探す方が簡単だと思ったのだろう。

ミシンがある自分の作業場所に戻る。仕事がある方が安心して息ができる。私たちの国には枕カバーを必要としている人がいる。

私は手紙を書くのをやめた。その代わりに英語を覚えようとしている。私は運がいい。私のミシンの左隣に座っている女は、まだ学校の英語の授業を思い出すことができる。彼女は二十一歳で、生まれたばかりの自分の子どもにしたことで罪に服している。彼女はそれについて話したがらない、私もそれについて聞き返さない。彼女は私に毎日一つずつ英単語を教えてくれる。その代わりに私は彼女が枕を縫うのを手伝う。

自分の指がまったく言うことを聞いてくれないような気がする。でもそんなことは気にしない。私はこの前の発作以来六百十四枚の枕カバーを縫った。それほど多いわけではない。私よりも若い子は、私の二倍、いや三倍も縫うのが速い。しかし六百十四人の人が私のおかげで枕カバーのない枕で眠らなくてすむ。

十二時の休憩になると、いつものように私たちはプラスチックの容器から薄いフルーツティーをもらってくる。ほとんどの女は外に出て、中庭でタバコを吸うが、私は立ったまま静脈体操をしながら、ゴムの靴を履いたたくさんの足の間でパン屑を探し回るスズメたちを眺める。チェルノーヴォの鷺のことを思い出す。いつかまた鶴を目にすることができるだろうか、私はじっと考える。その間にこの何日間かに習った英単語を復習する。Bag《バッグ》。Eat《イート》。Teacher《ティーチャー》。Girl《ガール》。

まだ六百十五枚目の枕カバーを仕上げていない。その時外が騒がしくなる。私は顔を上げない。何かあればすぐに知ることができる。大勢の人たちが私に向かって一直線に入ってくるので驚く。私を迎えにくる人がこれほどいるということは、よくないことを意味している。制服の女と私服の男と、その逆のパターンが。彼らの顔がぼやける。それで自分がかなりの年であることを感じる。

その中の一人が入ってきて、私の方に体を屈めて大きな声で言う。大統領が私に恩赦を与えてくれたことを。

*

この国の大統領は立派な男だ。少しだけ人生の絶頂の頃のイェゴールに似ている。ただしイェゴールは臆病者で、大統領は鉄の意志をもつ男だ。そのような人ならば、結婚生活で私は尊敬していただろう。そのような人ならきっとチェルノーヴォで暮らすことへの不安を見せなかっただろう、そのような人ならきっと自分の村を離れることを拒否していただろう、そのような人ならきっと私と同じように損害賠償金のことなどどうでもいいと思っていただろう、そして原子炉事故の犠牲者として無料の視力検査とビタミン剤をどうでもいいと思っていただろう。

憲法ではレーニンの記念日を祝うことになっている。それに合わせて大統領は多くの犯罪者に恩赦を与えた。私もその一人だ。私の罪が他の者たちよりも重いのは確かだが、私の年齢が考慮されたに違いない。もしかすると大統領が私のことを新聞で読んで、チェルノーヴォのババ・ドゥンヤを刑務所で死なせてはならないと思ったのかもしれない。大統領はすべての偉大な男たちのように優しい心の持ち主だ。

作りかけの枕カバーのことだけが残念でならない。私はどれも、それが最後の枕カバーになるかもしれないと思って縫う。でもそれはまだ仕上がっていない。それが私を悩ませる。はやくしろと急き立てられる。私は今自由の身になった。そうなるなどとは思ってもいなかった。何をすればいいのかわからないが、はやく荷造りをしろと言われるので、私は荷物を詰めている。

私の持ち物はそれほど多くない。衣類はこの施設のものだが、それらをきちんと折りたたむ。何度も中を覗き込む者がいる。年老いた女が三枚のタイツを折りたたむところを見たことがないのかと、その男に私はチッと舌打ちする。ベッドを整え、細長い枕を叩いて埃を払う。自分の持ち物を枕カバーの中に入れ、結んで閉じる。

アルカージとの接見でも私は驚かない。おそらく彼はいっしょについてきて、何も問題ないことと、先日のように、私の血液希釈剤が誰かにトイレの洗浄剤と取り換えられないように見張っているのだろう。

アルカージは私を急き立てる。誰にも邪魔されずにここを出られるように、私が三日後にならないと釈放されないと、マスコミ各社に伝えられた。でもすぐに最初の何社かはやってくるだろう。そうすれば噂は瞬く間に広まる。アルカージが私を支える。彼の歩調に合わせるのに苦労する。中庭を横切るが、もう一度作業場に引き返して、みんなに別れを告げたい。アルカージは私を引き止める。彼にとってここから一刻もはやく出ていくことよりも大切なことは他に何もないかのようだ。私の隣のミシンの若い女が駆け寄ってきて、折りたたんだ一枚の紙切れを私の手の中に押し込む。

「英語の単語帳です」と彼女は囁く。私は彼女の柔らかい頬を撫でて、たくさんの元気な子どもが授かるようにと言葉を贈る。それから私は作業場の方にぐるっと向きを変える。灰色の囚人服を着た女たちが窓際に立っている。その時女たちは私に拍手を送る。

私が涙もろかったなら、他には何もできなかっただろう。私は胸に手を当てる。彼女たちは礼儀正しく私の方を見ていた。

アルカージ・セルゲイヴィッチは薄汚れた小さな車に乗っている。彼は私に少し丈の長い新品の冬物のコートと手袋を用意していた。暖かい服は施設に返さなければならなかった。彼が十分にお金を稼ぐのを私のような犯罪者たちが邪魔しているということに、私は自責の念に駆られる。自分の仕事だというのに、彼は私から一ルーブルももらっていない。ラウラのためにお金を貯めてある茶筒から、私はいくらか彼に渡さなければならないかもしれない。

「帰ったらすぐに送金します」

「さぁ、急ぎましょう、ババ・ドゥンヤ」ドアを開けたまま彼は私が乗るのを待っている。

そしてありし日々に、同じように車に乗ったことを私は思い出す。

必要なものはすべて空港で受け取ることができると、アルカージは言う。

「何を受け取るというの？　どこの空港で？」

「あなたは飛行機でドイツにいるあなたの娘さんのところに行くんです。すべて取り計らい済みです」

「ということは、私は」と私は言う。「でも私はどこにも行きません。私は自分の家に帰ります」

アルカージはすぐに納得する。

彼に道を教えるが、フロントガラスの前の小さなテレビはチェルノーヴィがどこにあるのか知らない。

「私の庭の畑はきっと草ぼうぼうになっているでしょうね」と私は言う。「もしかしてバスターミナルで降ろしてくれないかしら」

「そんなことしたらあなたの娘さんに殺されますよ」とアルカージは言う。

チョコレートバーと水のボトルを一本買うために、マリュシで彼は少しだけ停車する。

これまで私は他人に食べ物を買ってもらったことはなかった。

「あなたは素敵な若者ね」と言って、私はそれらを枕カバーの中にしまい込む。

彼はただじっと私を見つめている。その後、車を運転している時でさえも。もしここで私が不慮の事故に遭《あ》ったとしたら、何と気の毒なことか、彼がただほとんど運転に集中できなかっただけだからといって。

彼の暮らしと仕事について尋ねる。頭に刺さった斧のこと以外に、私たちは何も話したことがなかった。どんな言葉も地雷を踏んでしまうのではないかというように、アルカージは慎重に言葉を選ぶ。そして彼が二ヵ月後に父親になることを話す。

「それは本当におめでとう！　お腹の子どもはきっと元気なんでしょう？　今はちゃんと見ることができるんだもの」と私は言う。

「妻は今いないんです。イギリスにやりました」と彼は言う。

私は頷いて、田舎の道を走っている間、私の庭にどんな花が咲いているのか彼に話す。気もちよく目の前に白い風景が広がる。冬は年々穏やかになる。私が小さかった頃はたくさん雪が降った。自然も休息するためには雪を必要とする。

アルカージの車はバスよりもずっと深々と座ることができる。タイヤが弾き飛ばす小石の音が聞こえる。時間があっという間に過ぎていく。今は操業していないプラリネの工場の前の緑のバスの待合室の横に車を停めてもらう。待合室は雪汚れで埃だらけになっている。ここでいつも私は旅の疲れをとっていた。畑の中の小道にウサギの足跡が見える。

「お名残惜しいことですが、ババ・ドゥンヤ」と言って、アルカージは私の視線を外す。

「あれこれ心配しなくてもいいのよ。あなたにはとっても感謝しています」と私は言う。

「何と言ったらいいのか、言葉に表せません」

「それなら黙っていれば」

私は車から降りるのにも苦労する。私のためにドアを開けたまま、彼は辛抱強く待っている。私のものが入った枕を私に手渡す。

「ここから先の道はわかりますか？」

「大丈夫よ」私は彼の袖に付いた雪を払い落とす。「あなたがいてくれて助かったわ、どうもありがとう」

そして彼は去っていく。私は荷物で半分くらいふくらんだ枕カバーを振りながら、前に歩き始める。

私は歩く。一時間でもなく、二時間でもない。三時間以上歩く。道が伸びてしまったかのようだった。私がいない間にチェルノーヴォが遠くに行ってしまったかのようだった。
息をするのも大変だというのに、何の歌か私は口ずさんでいる。発作以来足を引きずって歩くので、どこもかしこも痛くなる。何度も立ち止まって、一息入れる。その間に枕カバーをどこかに置き忘れてはいないかと、じっと考える。

その一方で、必要もないのにそこいらにタイツを置き忘れるような人がいるのだろうか、とも考える。

元気を出すために声に出して「Es《エス》 blühten《ブリューテン》 Apfel-《アプフェル》 und《ウント》 Birnbäume《ビアンボイメ》」を歌う。

運がいいことに今は夏ではない。熱暑だったら私は生きていられないだろう。

もうすぐチェルノーヴォには春がくる。新しい草花が芽を吹き、木々は淡い緑色になる。私は森に行って、シラカバの樹液のガラスびんの栓を抜くつもりだ。私が百歳になろうとしているからではなく、自然の恵みの価値を認めないのは許しがたいからだ。鳥たちは花咲くリンゴの木の中で囀《さえず》る。生物学者は私に、なぜここの鳥が他のところよりも大きな声で鳴くのか教えてくれた。原子炉事故の後でメスよりもオスの方が多く生き延びた。今日までそのアンバランスが残っている。そしてオスたちは必死にいい女を探して、自分たちの歌を高らかに響かせているのだと。

ペトロフにも会おうかどうか、じっと考える。おそらくもういないだろう。ズィドロフはまだいる。保証してもいい。もしかするとみんな私を亡霊として迎えるのかもしれない。私の家のネコはまだきっと生きている。ガブリロワ夫人のニワトリはいるだろう。家にようやくまた住めるようになる。イェゴールはそこにいる。彼はいつも通りそこにいるだろう。

もう一度一息入れる。足は痛いが、前に進まなければならない。チェルノーヴォの家並みが、地平線上にまばらに残った歯が曲がっているように現れる。

誰かいてくれたっていいじゃないの。誰もいなければ、私はとにかく一人で幽霊や動物たちと暮らすことになる。私の前に現れてくれる人たちみんなを私はまだ待っている。

ラウラのことを考える。私はいつもラウラのことを考えようとする。ブロンドの女の子が乗っているバスを途中で追い越してきたのだとしたら、どんなに嬉しいことだろうか。刺青をしたブロンドのショートヘアの女の子でも構わない。その女の子がバスから降りてきて、その女の子の手を取って私の家に連れていけたらどんなに嬉しいことか。あれはいつもその女の子がいてくれたらと思っていた家だ。その女の子には我が家と呼べる家がない。なぜなら人生は楽しいものだということを、私がその女の子の母親に教えなかったからだ。私自身、それがわかるのが遅すぎた。

英語を習ってラウラの手紙を読みたい。ラウラの手紙が読めるまでは、いつまでも生き続けていたい。

チョコレートバーを枕カバーから取り出して、それで力をつける。

大通りは新雪に覆われている。ガブリロフの家の煙突から煙が上がっている。そしてマリヤのヤギがそこにいて、私のリンゴの木の皮をガリガリ齧っている。

「しっしっ」と私は叫ぶ。「あっちに行け、のろまヤギ！」

ヤギは横に飛び退く。マリヤが窓枠に姿を現す。

「あたしのヤギに怒鳴っているのは誰っ？」とマリヤが怒鳴る。

マリヤが二重に見える。マリヤは家にいた。そしてドアを開けて、突進してくる。マリヤは私に駆け寄り、もう少しで圧死しそうになるほど私を抱きしめる。

「離して」と私は罵る。「骨がみんな折れちゃうわよ。もう八十二を過ぎたっていうのに」

「あんたが釈放になることは知っていたんだ。ずっと前からわかっていた」とマリヤが囁く。

「どうして？　私が知らなかったというのに」

「さぁ、私についてきて。あんたの家の中はクモがのさばっているんだから」

「まずはどんなことになっているのか見なくちゃ」私はマリヤに背を向けて、自分の家を見る。私の家はもとのままだ。クモでさえわかっている。

「何か食べなさいよ！」

「後でいい」と私は言う。向こう側に行って、ドアの取っ手に手を置く。家の中からミャーという鳴き声が聞こえて、子ネコが灰色の煙のようによちよちと外に出てくる。

「あのネコがまた子どもを産んだんだ」とマリヤが叫ぶ。「一匹はまだ目が見えないんだけど」

「そんな大声で叫ばなくてもいいじゃない」と私は言う。「あなたはもう一人じゃないんだから」

そして私はドアを押し開けて、また我が家に戻る。

注1　ドイツ語で天国も空も同じ男性名詞の Himmel。
注2　イラクサ：イラクサ科イラクサ属の多年生植物。
注3　コロラドハムシ：コウチュウ目カブトムシ亜目（多食亜目）ハムシ科の昆虫。
注4　シチー：キャベツをベースにした野菜スープ。
注5　ソリャンカ：香辛料のきいたロシア、ウクライナのスープ。
注6　カノコソウ：オミナエシ科カノコソウ属の多年草。
注7　ベロモル（Belomrkanal）：ベロモルカナル。ロシアのタバコの商品名。
注8　ゴルデナーハーゼ：「金のウサギ」の意。
注9　ラーダ：ロシアの自動車ブランド。
注10　オットマン（チェア）：足乗せ用ソファー付の椅子。
注11　クワス：東欧の微炭酸の低アルコール飲料。
注12　シュナップス：ドイツなどで飲まれている無色透明でアルコール度数が高い蒸留酒。
注13　カスタネダ：カルロス・カスタネダ（一九二五－一九九八）。ペルー生まれのアメリカの作家。
注14　エリキシル剤：甘味・芳香をもち、エタノールを含む透明な内用液剤。
注15　ラプンツェル：グリム童話の作品。髪長姫と訳されることもある。

著者プロフィール

アリーナ・ブロンスキー（Alina Bronsky）

1978年ロシア・エカテリンブルク生まれ。ベルリン在住。子ども時代をウラル山脈のアジア側で、青年期をドイツのマールブルクとダルムシュタットで育つ。大学で医学を専攻、中退後、ある日刊新聞のコピーライターと編集者として働く。デビュー作“Scherbenpark”は書評家の絶大な賛辞を受けてベストセラーとなり「シーズンで最大のセンセーションを巻き起こした新人作家」と称される（シュピーゲル誌)。彼女の二作目となる『タタールで一番辛い料理』は2011年の刊行後、デビュー作同様に書評家の注目を集めてベストセラーに。“Scherbenpark”はその間、ドイツの国語の授業で採用されるようになり、映画化もされた。作品は現在約15か国で翻訳がされている。近年では“Spiegelkind（鏡の子)”と“Spiegelriss（ひび割れた鏡)”により、青少年向け作家としても成功を収めている。また最新作としては、Denise Wilk との共著による社会評論として、女性と母親の社会的評価、役割などに関して問題を提起した“Die Abschaffung der Mutter（母親の廃止)”がある。

訳者プロフィール

斉藤 正幸（さいとう まさゆき）

元会社員。

アリーナ・ブロンスキーの翻訳として他に『タタールで一番辛い料理』（2017年1月、幻冬舎）、『僕をスーパーヒーローと呼んでくれ』（2017年4月、幻冬舎）がある。また翻訳をするに至った経緯を綴った著書『サラリーマンは翻訳家になった』（2018年1月、幻冬舎）がある。

ババ・ドゥンヤ　最後の愛

2020年3月15日　初版第1刷発行

著　者　アリーナ・ブロンスキー
訳　者　斉藤 正幸
発行者　瓜谷 綱延
発行所　株式会社文芸社
〒160-0022　東京都新宿区新宿1－10－1
電話　03-5369-3060（代表）
03-5369-2299（販売）

印刷所　株式会社エーヴィスシステムズ

ISBN978-4-286-21180-0